浙江省普通高校"十三五"新形态教材

浙江省 2018 年重点出版物出版计划

2019 年度浙江省社科联人文社科出版资助项目(19WT09)

U0749458

类型与个性
——外国文学人物形象鉴赏

李艳梅 著

浙江工商大学出版社 | 杭州

ZHEJIANG GONGSHANG UNIVERSITY PRESS

图书在版编目(CIP)数据

类型与个性：外国文学人物形象鉴赏 / 李艳梅著.
—杭州：浙江工商大学出版社，2019.6
（网络化人文丛书 / 蒋承勇主编）
ISBN 978-7-5178-3163-1

Ⅰ. ①类… Ⅱ. ①李… Ⅲ. ①外国文学－人物形象－
文学欣赏 Ⅳ. ①I106

中国版本图书馆 CIP 数据核字(2019)第 042174 号

类型与个性——外国文学人物形象鉴赏
李艳梅 著

出 品 人	鲍观明	
责 任 编 辑	任晓燕	
封 面 设 计	林朦朦	
责 任 印 制	包建辉	
出 版 发 行	浙江工商大学出版社	
	（杭州市教工路 198 号　邮政编码 310012）	
	（E-mail:zjgsupress@163.com）	
	（网址:http://www.zjgsupress.com）	
	电话:0571-88904980,88831806(传真)	
排　　　版	杭州朝曦图文设计有限公司	
印　　　刷	杭州宏雅印刷有限公司	
开　　　本	787mm×960mm　1/32	
印　　　张	5.125	
字　　　数	81 千	
版 印 次	2019 年 6 月第 1 版　2019 年 6 月第 1 次印刷	
书　　　号	ISBN 978-7-5178-3163-1	
定　　　价	28.00 元	

总　序

　　从普及人文知识,提升大学生和社会公众人文素养的宗旨出发,我们精心策划编写了这套"文字—视频—音频"三位一体的"网络化人文丛书"。其定位是:人文类普及读物,兼顾知识性、学术性、通俗性;既可作为大学人文通识课教材,又可作为社会公众的普及读物。

　　移动网络时代,"屏读"逐步改变着人们的阅读方式,传统的"纸读"在人们的阅读生活中有日渐淡出之势。常常有人称"屏读"为肤浅的"碎片化"阅读,缺乏知识掌握的系统性和文本理解的深度,因此,我对此种阅读方式表示忧虑。

　　我以为,我们应该倡导有深度和系统性的阅读——主要指传统的"纸读",但是,对所谓"碎片化"的阅读,也不必一味地批评与指责。这不仅是因为"屏读"依托于网络新技术因而有其不可抗拒性,还因为事实上这种阅读方式也未必都是毫无益处甚至是负面的,关键是网络时代人们的心境已然不再有田园牧歌式的宁静与悠然,而是追求单位时间内阅读的快捷性和有效性,这符合快节奏时代人们对行为高效率的心理诉求。我们没有理由在强调不放弃传统阅读方式的同时,非得完全拒斥移动网络时代新的阅读方式,而应该因势利导,为新的阅读方式提供更优质的阅读资源和更多元化的阅读渠道。

基于此种理念,这套"网络化人文丛书"力求传统与现代、人文与技术的融合,通过二维码技术使"纸读"与"屏读"(视频、音频)立体呈现,文字、视频和音频"三位一体",版式新颖;书稿内容力求少而精,有人文意蕴,行文深入浅出、雅俗共赏,在一般性知识介绍与阐释的基础上有学术的引领和提升;语言简洁、明了、流畅,可读性强,既不采用教材语言,也不采用学术著作语言,力图让其成为网络时代新的阅读期待视野下大学生和社会公众喜闻乐见的人文类普及性读物。

我们坚信,这样的写作与编辑理念是与时代精神及大众阅读心理相契合的。不知诸君以为如何?

蒋承勇

2018 年 8 月

目 录

引　言　类型中的个体

　　文学是人学,是人类用以表达自己的情感与认知的一种方式。它是以语言文字为工具,通过艺术形象的塑造,传达人类对自己安身的外在世界的探索与体验,对人类自身的内在世界的感知和情绪。文学形象是文学作品直接呈现给读者的一个重要的、鲜明的内容。对于一部文学作品,最直接、最简单的概括是:一些人(形象)的一些事。而让读者记住这部文学作品的就是这些人的这些事。本书从文学形象入手,从外国文学作品中选取了五类形象,这些形象是不同时代的作品塑造的典型人物,通过对其分析介绍,进而揭示作品的时代特性及其表达的观念。

　　外国文学作品极其丰富多彩,留下的文学形象无以计数,本书艺海拾贝,选取的人物形象只是很小的一部分,所进行的分类也无统一标准。在每一类形象中,所涉及的人物是某部作品中的一个人,同时也是一个时期的一类人。在不同时代、不同国家的作家笔下,这些"一个人"构成了"一类人"的演变。通过梳理"一类人"在文学作品中的发展变化,我们可以思考人类社会的时代变迁,感受文学深厚、博大的人文精神。

1　神魔：人类认知世界的起点

　　远古时代，在生产力水平极低的情况下，人类通过经验和直觉来认识世界，以最为直接、简单的语言和绘画方式来表达和记录自己的感知。神话就是原始初民在生产力水平极低的情况下认识世界和把握世界的一种方式，它是远古人类借助想象以征服自然力、支配自然力，把自然力加以形象化的结果。它是通过人的想象，用一种不自觉的艺术方式加工过的自然和社会形式本身。因此，神话可以说是人类早期的不自觉的艺术创作成果，人类借助想象与幻想把自然力和客观世界拟人化，随着这些自然力逐渐被支配，神话也就消失了。所以，神话只存在于人类早期的文化中，一般进入阶级社会后，神话创作就停滞了。

　　神话一般可分为三种类型：创世神话、自然神话和英雄神话。在中国、古埃及、古希腊、古巴比伦的神话中，这三类神话都存在着。它们具体的内容有差异,但是都反映出古代先民对世界的起源、人类的出现和自然万物的存在与发展变化的规律的探索。虽然这些神话在现代人看来都是不"科学"的,但是在神奇的想象和拟人化的表达中,蕴含着深刻的哲理,展示出早期人类认识世界的辩证的方法和观点。下面我们选取了古希腊与希伯来文学中的神魔形象来分析一下。

1.1 "二希"源头

为什么从古希腊和希伯来的神话中选取神魔形象来进行分析呢?主要原因是提到西方文学,追本溯源,人们就会说到"二希"源头。所谓"二希",是指古希腊和希伯来文明:古希腊文明是西方文明的开端与核心组成部分,而统治西方精神世界千年之久的基督教文化,是从希伯来文明或者说是由希伯来人的宗教——犹太教脱胎而来。古希腊和希伯来文明对西方文学的影响极其深远,这种影响从文艺复兴时期一直延续到当代的西方文学创作。古希腊是欧洲文明的发源地,其文学创作不仅体裁丰富,有神话、史诗、戏剧、文艺理论、抒情诗等,思想和艺术成就还都达到了较高的水平,成为后世文学创作的范本。希伯来人将自己的历史、律法、诗歌、先知箴言等合成一部《旧

约》,并使其成为犹太教的教义。基督教脱胎于犹
太教,其宗教教义是《旧约》和《新约》的合集,就是
人们所说的《圣经》。基督教文化在中世纪经历了
漫长的发展演变,形成强大的精神统治体系,并通
过创建的学院发扬光大。古希腊人崇拜神灵,有祭
祀活动,但是他们注重的是现世生活,不会牺牲今
生的幸福以换取来世的超越和解脱。而在希伯来
文明中,宗教表现出人对自然的敬畏,对自身有限
性的认识,对超越世俗物质与欲望,渴望灵魂达到
更高层次的追求,这些都是人类理性的主动追求。
以古希腊文学为代表的世俗人本主义和以希伯来
犹太教为代表的宗教人本主义在西方文学发展的
不同阶段一直各有侧重,又相互交织在一起,成为
促进西方文学发展的两个重要因素。

在"二希"文学中最早出现的就是神话故事。
我们选取古希腊神话中的宙斯和哈迪斯、《旧约》
中的耶和华与撒旦这两组艺术形象进行分析,从
中可以折射出不同民族在远古时代,对外在的自
然世界与人类自身进行解释的同与异。

1.2 宙斯与哈迪斯:古希腊人构建的世界

1.2.1 天神宙斯

流传下来的古希腊神话有一个较为完整的体

系,分为前奥林波斯神系和奥林波斯神系两大部分。以宙斯为分界标准,他之前的神组成前奥林波斯神系,包括最早出现的混沌神、地母神盖亚和第一代男性天神乌拉诺斯等少数神,以及之后盖亚与乌拉诺斯共同孕育的十二提坦巨神。宙斯是提坦神中克洛诺斯和瑞亚生下的第六个孩子,在他出生之前,他的哥哥、姐姐一出生就被父亲克洛诺斯吞到肚子里保存起来。而宙斯得到了母亲和祖母的帮助,逃离了父亲的"虎口"。长大后他施计让父亲食物中毒,呕吐不止,将肚子里的孩子都吐了出来。于是宙斯联合哥哥、姐姐,打败了父亲,成为第三代天神。

宙斯率众神在天上的奥林匹斯山建立宫殿并住在里面,随后三分天下:天空、海洋和冥界。宙斯管理天空,他的大哥哈迪斯管理冥界,另一个哥哥波塞冬管理海洋。宙斯掌管天空,同时管理地上的生活,他是众神之王和人类之王,雷电是他的武器,神鹰和牛是他的宠物。在古希腊的神话中,虽然宙斯是权位至高的天神,但他并不是一个抽象的符号或象征。神话中有许多与宙斯相关的故事,把有血有肉、充满智慧、幽默甚至有些狡黠的宙斯展现在我们面前。

宙斯体力过人,精力充沛,健硕威严,有七位

女神做他的妻子，同时他还在其他女神和人间女子那里处处留情。据说他有一百多个儿女，他强大的生殖能力代表了人类强大的生命力。下面我们介绍宙斯与伊俄、欧罗巴、丽达的故事，这些都是他生机勃勃的原始欲望和无限的创造力的表现。

在古希腊，牛是人类财产的重要标志，同时也是人类祭祀众神的主要供品。在神话故事中，有两则宙斯的神话与牛有关：一则是宙斯与伊娥的故事，一则是宙斯与欧罗巴的故事。

伊娥是人间的一位国王伊那科斯的女儿，长得美丽动人。一次，伊娥正在草地上为父亲放羊，宙斯一眼发现了她，对她产生了爱意。宙斯幻化为一朵乌云，笼罩大地，在乌云的遮挡下，与伊娥幽会。不料这一切被宙斯的妻子赫拉发觉，赫拉突然从天而降，驱散乌云，宙斯猝不及防，慌乱中将伊娥变成一头小白牛，谎称是人类送来的供品。赫拉并不想当面拆穿宙斯的谎言，她表示自己也很喜欢这头牛，要求宙斯将之作为礼物送给自己。宙斯无法拒绝，只好看着赫拉带走了变成了牛的伊娥。赫拉对宙斯的不忠十分恼怒，她把怨恨发泄在情敌身上。赫拉让百眼怪兽阿耳戈斯日夜看守伊娥，驱赶着由伊娥变成的小牛到不同的地方吃草，不让宙斯发现伊娥的踪迹。后来，宙斯派神使赫尔墨斯杀死了百眼怪兽,但是赫拉又让牛虻叮咬伊娥,使得伊娥片刻不得安宁,痛苦不堪。宙斯十分内疚,向赫拉说明内情,请求她原谅,最终伊娥被变回了人形。随后,伊娥跑到埃及的尼罗河畔,留在那里,生下了她与宙斯的儿子厄帕福斯。厄帕福斯成了埃及国王,生下女儿利比亚。这则神话故事反映了古希腊人与非洲大陆上的人们相互往来、通婚、繁衍子嗣的情况。

在另外一则宙斯与欧罗巴的神话故事中,宙斯把自己变成了一头牛。欧罗巴是一位美丽的公主,一天她与女伴在海边沐浴玩耍,宙斯经过时发现了她。宙斯把自己变成一头牛,混在海边草地上的牛群中,慢慢接近欧罗巴。欧罗巴终于发现了这头与众不同的"宙斯牛",不由自主地上前亲近。突然间,"宙斯牛"将她甩在背上,向大海深处奔去。被劫持的欧罗巴惊恐地呼喊,可是伙伴们无能为力,眼看着"宙斯牛"带着欧罗巴消失在视线中。宙斯将欧罗巴带到了海中的岛屿克里特上,在那里欧罗巴生下宙斯的后代。宙斯与欧罗巴的神话故事包含了古希腊人对欧洲大陆起源的解释。

宙斯与斯巴达王后丽达的神话故事讲述了传说中希腊最美的女人海伦的身世。丽达是埃托利

亚国王的女儿，嫁给斯巴达王廷达瑞俄斯，成为斯巴达王后。一天，宙斯化作一只天鹅，阿佛洛狄忒化作一只鹰追赶他。丽达正在湖池沐浴，见一只天鹅被老鹰追赶，掉落湖边，她心生怜悯，就把天鹅抱在怀里，结果中了宙斯的圈套。不久丽达就怀孕了，生下了四只天鹅蛋，后来蛋中孵出四个孩子——卡斯托耳、克吕泰涅斯特拉、波吕丢刻斯和海伦。据说前两个是廷达瑞俄斯的儿女，后两个是宙斯的儿女。

在古希腊的奥林波斯神系中，宙斯和他的兄弟姐妹、子女等构成了一个庞大的"家族式"系统。作为第三代天神，宙斯是"一家之长"，他强壮、威严，有着强大的力量和旺盛的精力，掌管神的家族。但是宙斯并不是封建式家长或者暴君，他高高在上，有血有肉，充满烟火气，体现出古希腊神话中"神人同形同性"的特征。对于他的诸多"风流韵事"，我们也不能一味地以现在的道德和伦理观念去评判，而是要回到神话出现的那个语境中，挖掘其表达的文化意义。

古希腊神话产生在公元前 12 世纪—公元前 8 世纪，是古希腊从原始氏族社会向阶级社会过渡的产物。这个时期的人类正从蛮荒愚昧的原始状态向具有人的主体意识的文明阶段迈进。在部落群体生存的社会结构中,部落成员多通过血缘关系组成一个大的家族。部落首领是这个大家族的祖母(母系氏族时期)或者成年男子(父系氏族时期)。作为部落首领的男性,肩负着维护整个部落的安全和推动部落发展壮大的使命,繁衍子嗣既是首领的权力,也是他的责任。神话中宙斯的诸多情事,就是这种社会状况的真实体现。

宙斯与普罗米修斯的冲突展现了部落首领的权威争夺。在古希腊神话中,普罗米修斯是人类的创造者,他对人类爱护有加。宙斯曾下令禁止将火传到人间。普罗米修斯看到人类没有火,生活在寒冷和黑暗之中,所以他公然违抗宙斯的命令,盗得火种,传到人间。有了火,人类可以抵御寒冷和野兽的攻击;可以吃到熟的食物,提高体能和智能;后来人类还利用火发明了冶炼技术,进入铁器时代,工具的使用大大提高了社会生产力。所以说学会用火是人类文明的一次质的飞跃。但是普罗米修斯的盗火种行为挑衅了宙斯的权威,结果受到了宙斯的严厉惩罚。宙斯将普罗米修斯用锁链绑在高加索山脉的一块巨石上,每天派神鹰撕开普罗米修斯的胸膛,啄食他的内脏,夜晚他的内脏和胸膛又恢复完好。这样日复一日,年复一年,普罗米修斯经受着饥饿、风吹日晒和肉体的摧

残,但他毫不屈服,不向宙斯低头认错,坚信自己的做法是正确的,甘心为人类承受巨大的苦难。直到后来大力士赫拉克勒斯寻找金苹果时,途经此处,才射杀了神鹰,砍断了铁锁,解救了普罗米修斯。

在这则神话故事中,作为神王、光明之神、闪电之神、法律之神、秩序之神、正义之神、天父的宙斯,其权力至高无上,他的决定、劝告与意愿代表着公正、正义,不容任何神与人去挑衅和质疑。但是古希腊神话中还是出现了敢于反对宙斯的普罗米修斯。普罗米修斯与《圣经》中违背神意的亚当与夏娃不同,他是按照自己的意志决定自己的行动,他敢于盗取火种传播到人间,表现了强烈的叛逆精神、自由意志和主体意识。宙斯与普罗米修斯之间的冲突,实质上是人类在文明进程中民主与集权、权力与自由之间的冲突。

1.2.2 冥王哈迪斯

有天就有地,有生就有死,人类很早就认识到了这一点。

在古希腊神话中,人类把生存的空间分为三个部分:天空、海洋与地下。其中地下空间也就是冥界,是人死后灵魂的归处。古希腊神话中的哈迪斯是冥界的统治者。他是宙斯的大哥,是古希腊神话中最神秘的一个形象。传说中哈迪斯喜欢黑色，最爱的祭品是全身裹着黑纱的羊或牛；白杨树是其圣树，水仙花是其圣花。他常穿着大衣，遮住脸和全身，坐在四匹黑马拉的战车里，手持双叉戟四处巡游。

哈迪斯与他的兄弟宙斯一样高大伟岸，宙斯掌管天空，是光明之神，而哈迪斯掌管黑暗的冥界，二人在掌控的地域和各自性格等方面形成对应：如果说天神宙斯展示的是激情，那么冥王哈迪斯表现的是平和；宙斯是威严中透着狡猾，哈迪斯则是不苟言笑、公正无私。

哈迪斯是冥王，但不是死神，他只是对人死后的去处进行管理，并不干涉人寿命的长短。古希腊人因发现地下有铜、铁、金、银等矿藏，所以哈迪斯还是财富之神。在现存的古希腊神话中，与哈迪斯相关的故事较少，最为知名的是冥王抢夺珀尔赛福涅的故事。

珀尔赛福涅是农业女神得墨忒尔的女儿。一天她在草地上散步，遍地都是鲜花。当她去采摘一束白色的水仙时，突然大地开裂，高大的冥王哈迪斯驾车从地下一跃而出。当他发现了美丽的珀尔赛福涅，就不由分说将她劫持到冥界去了。得墨忒尔找不到女儿，十分悲伤，无心管理人间的农

事,结果大地干涸,万物荒芜。宙斯意识到事态的严重性,派神使赫尔墨斯去冥界将珀尔赛福涅带回来送还给她的母亲,但是由于珀尔赛福涅在冥界吃了六粒(有的说是三粒)石榴籽,按照约定,吃了冥界的食物就要留在那里。后来经宙斯协调,一粒石榴籽算一个月,珀尔赛福涅每年一半时间留在冥界做冥后,另外一半时间回到母亲身边。每当珀尔赛福涅回到母亲身边时,得墨忒尔心情愉悦,大地一片生机,万物孕育生长,是人间的春夏季节;而当珀尔赛福涅离开母亲,回到冥界去做冥后时,得墨忒尔就无心照看人间农事,人间便进入萧瑟、寒冷的秋冬季节。

这则神话故事一方面反映了当时古希腊的婚俗情况,另一方面也解释了季节变化的自然现象,对自然规律的探寻又折射出古代人类社会秩序的建立——珀尔赛福涅吃了冥界的食物,就要遵循约定,留在冥间,无论是宙斯还是得墨忒尔都不能随意改变约定。

1.3 耶和华与撒旦:希伯来先民对人与自然的解释

1.3.1 造物主耶和华

下面我们再来了解一下希伯来神话中的耶和

华与撒旦这两个形象。耶和华是《旧约》中的神、造物主,他用七天时间创造了世界万物,其中包括最早的人——男人亚当,后来又用亚当的一根肋骨创造了女人夏娃。耶和华告诉二人,园中一切食物除了智慧树上的果实,皆可食用,二人遵循不悖。这样一男一女无忧无虑地生活在伊甸园里。但是一天撒旦出现了,打破了园中的和谐。撒旦引诱夏娃偷吃了智慧果,亚当后来也吃了,二人突然发现自己赤身裸体,感到十分羞耻,于是找来树叶遮挡私处。因为二人违背了耶和华的旨意,所以受到惩罚,被赶出了伊甸园,从此他们衣食住行需要的一切都要靠自己的双手去创造,夏娃还要承受分娩的痛苦。也许造物主觉得,这种惩罚会导致二人死亡,但事实上亚当和夏娃不仅活了下来,还成为人类的始祖,他们生儿育女,繁衍后代,创造了人类世界。

1.3.2 对抗者撒旦

撒旦除了出现在伊甸园引诱夏娃打破造物主的禁忌外,还出现在《旧约》中的《约伯记》《历代志》《撒迦利亚书》等篇章中。现在在基督教中,撒旦是魔鬼的代名词,但在早期的《旧约》中并不是这样。"撒旦"(Satan)在犹太教的《塔纳赫经》中

确有其名，在希伯来语中的意思是"敌对者、剧毒的光辉使者"等。有一段话对撒旦进行了描述："你原是典范中的典范，充满智慧，美丽无瑕。你曾经在上帝的园子伊甸园里，佩戴着各样宝石……宝石的镶框和宝石座都是用金子精制的。这一切都在你被创造的日子预备好了。你是负责守卫的受膏基路伯天使，我派你站岗。你在上帝的圣山上，在火焰石中行走。从你被创造的日子起，你所做的都全然无过，直到你被发现有了不义……你因自己的美丽心高气傲，又因自己的光彩败坏智慧……因为你作恶多端，用不正义的手段做生意，亵渎了你的圣所，所以我要使火从你身上发出，这火要吞灭你。"从这段话中可以推测撒旦也是由造物主创造的，他拥有巨大的能力，但是后来不愿遵从耶和华制定的规则，要改变现有的秩序，因此与造物主反目。

撒旦表现出人性中的"恶"：桀骜不驯、不守规矩、制造事端、挑战禁忌。从撒旦引诱夏娃偷吃禁果一事来看，撒旦是个作恶者，他使人类第一次背离神的旨意，人也因此失去了乐园，告别了衣食无忧的生活。但从另一个方面看，他又是启发者、变革者，如果没有他的促动，平衡不会被打破，矛盾也不会出现。恰恰是撒旦的引诱、启发，人认识了自我,进入新的环境后,人的能动性被调动起来,开始自主生存。恩格斯说:"每一种新的进步都必然表现为对某一神圣事物的亵渎,表现为对陈旧的、日渐衰亡的,但为习惯所崇奉的秩序的叛逆……'恶'是人类社会历史发展的根本动力。"撒旦在这里代表着叛逆与变革。

1.4 神魔形象的哲学意义

神话中的故事反映了神话产生时期人类生活的状况,以及人类认识世界的方法与观点。它既是优美的文学作品,同时也蕴含着深刻的哲理。

首先,它表达了世间万物对立存在的观点。老子的《道德经》说:"天下皆知美之为美,斯恶已;皆知善之为善,斯不善已。故有无相生,难易相成,长短相形,高下相倾,音声相和,前后相随……"这段话表达了中国古人认识世界的辩证观点,同样在我们前文介绍的古希腊和希伯来神话中,神话形象及其表达的意义也体现出这种观点:宙斯与哈迪斯、宙斯与普罗米修斯、耶和华与撒旦、天与地、生与死、光明与黑暗、正义与邪恶、升华与堕落……这些都是因对应而存在的。通过对比的方法,人类认识了世界,认识了事物的两面性。

其次,矛盾是事物发展的根本动力。世界上

各种对立面都能在统一中形成平衡,建立起新秩序。从自然秩序推及人类的社会秩序,建立秩序和维持平衡是人类的客观需要,但是在事物发展中,总会有一种人们称为"恶"的因素打破这种平衡,破坏曾有的和谐状态,从而形成冲突和矛盾。矛盾的出现促使人们向更深的方面思考,向更高的层次追求,去解决矛盾,从而达成新的和谐与平衡。人类文明就是在一次次平衡—矛盾—建立新的平衡中不断向更高层次推进。

再次,对立存在的矛盾双方相互促进与转化,好与坏、善与恶,矛盾双方并不是一成不变的。例如撒旦,他是黑暗的赐予者,堕落的引诱者,人类因欲望而堕落,他带给人类困苦和烦恼;同时,撒旦又是知识的给予者,他让人类有了思维能力和主体意识,明白了是非善恶,使人类知道现实生活中的世界。人非但不死,反而在现实中获得新生,成为自己命运的主宰者和世界的征服者。

最后,通过分析以上神话人物形象,我们也可以感受到古希腊和希伯来两种文化的特色。古希腊文化呈现出"神—原欲—人"三位一体的结构框架,体现的是一种世俗人本意识,即张扬个性和自我意志,认可人欲求的合理存在,肯定人的世俗生活和个体的生命价值。而希伯来文化重视人的精神与灵魂,重视对彼岸价值世界的追求,强调理性对原欲的限制,这是希伯来—基督教文化价值观念的主导倾向。这种尊重理性、群体本位、崇尚自我牺牲和忍让博爱的宗教人本意识,构成后世西方文学与西方文化内核的又一个层面。古希腊文学与希伯来文学投射、蕴含了人性中不同的侧面、不同的层次。它们在表象上虽表现为对立与排斥,但是在深层关系上两者是互补与统一的。这种对立与互补、矛盾与统一的文化禀性产生的根本原因,恰恰在于作为文化主体的人自身内涵的矛盾性与统一性,因为人的情感与理性是并存的。

2　游侠:不灭的英雄主义情怀

　　在古今中外的文学作品中,游侠是普遍存在并为人们关注的一类形象。什么是游侠? 简单地说就是有游历和冒险经历的侠客。侠客,是那些武艺高强且有道义担当的人。侠客常常四海为家,到处游历,匡扶正义,传扬美德。西方文学中游侠的形象作为一种传统的文学形象,最早可以追溯到古希腊神话中的英雄人物,并且在后世文学创作中不断发展演变。游侠成为西方文学中的一个母题,从古代到现代一直为作家所关注。

2.1　从远古到现代:游侠形象的演绎变迁

2.1.1　古代的游侠

　　古希腊神话包括两大内容:一是神的故事,一是英雄传说。古希腊神话自奥林波斯神系确立之后,神话发展基本就停滞下来,不再增加新的神的形象。因为随着社会生产力水平的提高,人类对自然的掌控能力不断增强,渐渐把关注的重点投射到自身的生产与活动上,所以英雄传说越来越多,英雄形象也越来越丰满、立体。

在古希腊的英雄传说中,有为人所熟知的大力士赫拉克勒斯,智取金羊毛的伊阿宋,杀死米诺斯迷宫中牛头怪的忒休斯,征战特洛伊的阿喀琉斯、阿伽门农、奥德修斯等。他们不仅武艺高强,勇敢无畏,还有一个共同的特点,即四处游历,建功立业。他们正是在这种游历和冒险中成就了英雄的美名。

善于游历的游侠还是美德的集合体,是古代人类的楷模。以《伊利昂纪》为例,其中的阿喀琉斯和赫克托尔虽然在战争中是对立双方,但在人品上都是古希腊人推崇的典范。《伊利昂纪》这部史诗围绕阿喀琉斯的两次愤怒展开:第一次因为希腊联军的统帅阿伽门农拿走了属于阿喀琉斯的战利品,阿喀琉斯认为自己受到侮辱,名誉被损害,于是拒绝再出战,结果希腊联军节节败退。后来,阿喀琉斯的挚友帕特罗克洛斯穿上阿喀琉斯的盔甲,冒充阿喀琉斯出战,结果死在了特洛伊王子赫克托尔的剑下。好友的惨死让执着于荣誉的阿喀琉斯醒悟过来,为了友谊,为了希腊联军的大局,阿喀琉斯不顾母亲的警告,毅然重回战场,向

赫克托尔发出挑战,最终杀死赫克托尔,为朋友报仇。

阿喀琉斯身上充分体现了古代英雄武艺高强、勇猛无敌,为了荣誉和友谊将生死置之度外的美德。

而战争另一方的主将赫克托尔是特洛伊城的王子。在史诗中,这场旷日持久的战争被解释为缘于一个金苹果。阿喀琉斯的父母结婚时,不和女神将一个写着"给最美的女神"的金苹果放在婚宴的桌子上,引发了赫拉、雅典娜和阿佛洛狄忒的争执。三位女神都认为自己应该拥有这只金苹果和"最美女神"的称号,后来宙斯指定年幼的特洛伊王子帕里斯来裁判。三人为了得到金苹果,都向帕里斯许诺:赫拉的承诺是可以让帕里斯长大后成为伟大的国王,雅典娜许诺可以让他成为人人传诵的英雄,而爱神阿佛洛狄忒的许诺是可以让他得到世界上最美的女人。结果帕里斯将金苹果判给了阿佛洛狄忒。成年后的帕里斯出访斯巴达,见到希腊最美的女人——斯巴达王后海伦,倾慕不已,于是请求阿佛洛狄忒践行她的诺言。在阿佛洛狄忒的帮助下,帕里斯拐走了海伦,引发了希腊人民的不满。希腊人组成联军,在迈锡尼王阿伽门农的组织和率领下,攻打特洛伊,要夺回海伦。战争持续了十年之久,最终特洛伊城陷落,海伦重返斯巴达。战争结束后,有关战争的故事在民间四处流传,《荷马史诗》中展现的是传说的部分内容。

虽然在史诗中,战争是由帕里斯引起的,但是帕里斯的武艺无法抵挡希腊的勇士特别是阿喀琉斯的进攻,作为兄长的赫克托尔义不容辞地承担起保护家园的职责,率领特洛伊将士击退了希腊联军的一次次进攻。赫克托尔杀死了冒充阿喀琉斯的帕特罗克洛斯,也因此直接收到了阿喀琉斯的战书。阿喀琉斯在特洛伊城外全副武装,公然叫嚣要与赫克托尔决战。这时赫克托尔的儿子尚在襁褓,妻子曾劝说他不要去迎战已经为复仇而失去理智的阿喀琉斯,否则一旦失利,她和孩子就失去了依靠,孤儿寡母,下场极为悲惨。赫克托尔虽然也有不祥的预感,虽然对妻儿十分爱护,但是为了荣誉和城邦的安危,他不能逃避。他将生死置之度外,坦然地接受命运的安排,最终战死沙场。

赫克托尔体现的是古代英雄具备的勇于担当、重视亲情、视荣誉高于生命的美德。虽然最后战死沙场,但是他的美名远扬,死而不朽,这是人类超越肉体的限制,追求精神的升华的重要体现。

《奥德修纪》中的主角奥德修斯也是一个典型

的游侠形象,他不仅参加了特洛伊战争,还在战争结束后返回家乡时,经历了十年的海上冒险生涯。奥德修斯不仅勇敢、武艺高超,还很有智慧、信念坚定。在特洛伊战争中,他凭木马计使希腊联军取得了最后的胜利。归乡的途中,面对海啸、冰山、残暴的独眼巨人、歌声魅人的人头鸟身的塞壬等种种磨难,他都运用智慧一一化解。最后,奥德修斯坚持信念,怀着对家乡和亲人的忠诚,克服一切困难,拒绝一切诱惑,终返家乡,与妻儿团聚。他是勇敢、智慧、忠诚的集合体。

还有赫拉克勒斯、伊阿宋等英雄人物,也都是典型的游侠,这些古代英雄形象集中了游侠的几方面特质:

首先,他们身上体现了武力、智力与美德的结合。在古代社会,人类的生存条件原始、恶劣,每位英雄都力大过人、武艺高强并且不惧死亡。他们在征服自然和战胜猛兽及他人的斗争中,凭借高超的武艺和不怕死的精神,取得胜利,赢得荣誉。在具备这些条件的同时,他们还都很有智慧。例如在赫拉克勒斯的十二大功绩中,有杀死狮子、怪蛇这样凶险的任务,需要他凭借武力和勇气去完成;也有要求他三天之内清理牛粪堆积如山的奥吉亚斯的牛圈,这种任务是无法靠蛮力解决的。

赫拉克勒斯运用智慧,观察了牛圈周边的地形,挖掘沟渠,引来上游的河水,利用水流冲刷牛圈,最终顺利完成任务。在希腊联军与特洛伊人持续十年的战争中,参战的英雄必须冲锋陷阵,身先士卒,在势均力敌的情况下,智慧在最终决胜的过程中,发挥了关键的作用。

武力与智慧还必须和美德结合在一起,这才是真正的英雄品质。古代的英雄不是强盗,他们用武力与智慧为民除害,赢得声誉。例如英雄忒修斯,在寻父途中,杀死了野猪等猛兽,他还以其人之道还治其人之身,铲除了"舞棍手""扳树贼"等危害百姓的强盗。阿喀琉斯愤怒起来如同狮子,性格中有任性残暴的一面,但是他为了友谊、为了荣誉出战,最终赢得美名。赫克托尔、奥德修斯被人尊敬,也是源于他们强烈的责任感和对家乡、城邦、家族的忠诚与热爱。

其次,游历冒险是成就英雄伟业和美名的必经之路。古希腊是爱琴海和地中海沿岸地区及附近诸多岛屿的统称,古希腊文明是典型的海洋文明。人们不甘于固守田园,而是崇尚在征服自然、探索未知领域中实现自我价值。此外,在古代,人类的生活与大自然息息相关。人们的居住条件有限,即使是居住在城邦内,为了生存也要随时到自

然中获取资源、耕种、狩猎、出海打鱼及商业交换等活动是古希腊人日常生活的主要内容。此外还经常会发生部落间的战争,所以外出游历几乎是那时人们的常态。古希腊人的生活体现了人类的冒险精神,是古时人类生存的艺术映照。在古希腊游历的英雄们集武力、智力与美德于一身,为西方游侠形象印上了鲜明的底色。

2.1.2 中世纪的骑士

随着时代的变迁,中世纪的欧洲各国陆续进入阶级社会,建立了封建等级社会。国王及贵族成为土地的主人,而农民大多被束缚在土地上。在利益的驱动下,中世纪封建领主间的战争十分频繁,在战争中形成的骑士阶层继承了古代英雄的冒险精神,成为中世纪的游侠典型。

中世纪的骑士最初是受过军事训练的骑兵,由于在作战中勇敢而得到领主的赏识,赏赐封地并授予"骑士"的称号。骑士的身份通常不是世袭的,所以尽管骑士拥有土地,但是他们与封建贵族有很大的区别。由于中世纪宗教战争和封建领土之争时常爆发,国王和贵族需要大量士兵和勇士为之服务,于是骑士越来越多,渐渐形成了骑士阶层。骑士阶层崇尚勇武、谦逊、忠诚,重视荣誉,坚守信仰,这些构成了骑士精神。

在中世纪的文学中,有许多反映骑士生活,宣扬骑士精神的作品,我们称之为骑士文学。骑士文学包括骑士抒情诗和骑士叙事诗两种类型,骑士抒情诗主要表现骑士的感情生活,骑士叙事诗以骑士游历冒险、建功立业为主要内容。骑士文学塑造了不少性格鲜明的骑士形象,较有代表性的形象有英国的亚瑟王、法国的罗兰等人。

中世纪的骑士继承了古代英雄的尚武精神,推崇忠诚和勇敢,由于时代的要求和社会形态的改变,骑士将古代英雄的武力、智力和美德转化成中世纪的骑士信条:忠君、护教、行侠。

所谓忠君,是指中世纪骑士的忠诚体现为对君主的绝对服从和绝不背叛。在封建社会,国王象征着国家,对国王的忠诚等同于对国家、对民族的忠诚。所谓护教,是指骑士是虔诚的基督教信徒,他们参与的战争也经常与宗教有关,护教是他们忠诚与信念的外在表现。所谓行侠,是指骑士的产生直接与打仗相关,这是这一阶层有别于其他阶层的最重要的特征。所以在战斗中他们勇敢献身,视死如归,即使没有战争,也倡导去远方荒无人烟之处历险,一路除暴安良,美名远扬,这是骑士阶层最引以为荣之处。下面,我们以法国英

雄史诗《罗兰之歌》为例加以说明。

罗兰是法国查理大帝手下的一名骑士,这一形象充分表现了"忠君、护教与行侠"的骑士精神。查理大帝出兵西班牙,征讨摩尔人(即阿拉伯人),历时7年,只剩下萨拉哥撒地区还没有被征服。面对法国大军的征讨,萨拉哥撒王马尔西勒派遣使者,前去求和。查理决定派人去谈判,但大家知道马尔西勒阴险狡诈,去谈判是冒险之事。后来查理大帝接受了大将罗兰骑士的建议,决定让大臣加奈隆出使。

这项任务非常艰巨,同时也非常危险,加奈隆认为是罗兰故意将自己置于危险之中,由此对罗兰怀恨在心,决意报复。在谈判时加奈隆和敌人勾结,约定使用毒计:假意投降,当查理大帝撤兵归国时,在途中袭击他的后方部队。加奈隆回报查理大帝,说萨拉哥撒的臣服是实情,于是查理大帝决定班师回国,并接受加奈隆的建议由罗兰率领后队。当罗兰的军队行至荆棘谷时,遭到40万摩尔人的伏击。

罗兰率军英勇迎战,但因敌我众寡悬殊,终至全军覆没,罗兰英勇战死。罗兰的好友奥里维曾三次劝他吹起号角,呼唤查理回兵来救,都被罗兰拒绝,直到他死前才让号角响起,查理大帝听到后赶到,看到的只是遍野横陈的法国士兵的尸体。查理大帝率主力军追击,大败敌人,让萨拉哥撒地区改信了基督教。回国后查理大帝了解了真相,将卖国贼加奈隆处死。

史诗中的罗兰充分体现了骑士精神,他用生命保护自己的家园,忠于自己的国王,永不背弃自己的信仰。

中世纪骑士是勇士的代名词,和古代英雄相比,他们继承了勇敢无畏、重视友谊、视荣誉为生命的品质。他们四处游历,出生入死,建功立业。但是一些骑士文学刻意夸大骑士生活中的浪漫之处,把骑士描写成住在城堡中,过着贵族一样富足生活的人;他们外出可以战胜邪恶的魔法师和巨人,保护善良无知的农民;对国王和心目中的某个贵妇人忠贞不贰。但是事实上,骑士处在封建社会等级制度中一个较低的阶层,教权与皇权才是这个时期的统治力量,骑士往往沦为贵族间征战和教权争霸的工具。当骑士消亡了,骑士文学也就失去了现实意义。

2.1.3 文艺复兴时期的城市"游侠"

11世纪至15世纪,西欧一些地方人口聚集,商业和手工业发达,市民阶层逐步形成,城市出现

了。城市间游荡生存的一些平民流浪者,成了城市的游侠,16 世纪中期出现的流浪汉小说,就是这些人生活的真实写照。流浪汉小说中最著名的是西班牙无名氏创作的《小癞子》。小癞子年幼时父亲早亡,母亲改嫁后又生下弟弟,由于家境贫寒,养不起小癞子,母亲只好为他寻找出路。一天村里来了个算命的瞎子,母亲便将小癞子交给瞎子当"领路人",于是小癞子开始谋生,跟着瞎子行走江湖。瞎子为人苛刻,自身过得朝不保夕,小癞子跟着他跑,更是饥一顿饱一顿。终于有一天,小癞子实在不愿意再跟着瞎子游荡下去,就跑掉了。之后,小癞子做了一个牧师的仆人。牧师不仅跟瞎子一样苛刻,指使小癞子干活,还把小癞子看得紧紧的。小癞子想方设法就为能吃顿饱饭。小癞子的偷吃行为被牧师发现后,牧师将他暴打一顿,赶了出去。再次流落街头的小癞子又来到一座城市,后来被一个穿着看起来比较体面的人收留做了跟班。结果这个人是个专门骗富家女孩的骗子,事情暴露后小癞子也受到牵连,白白挨了顿打。小癞子就这样在漂泊与动荡中渐渐长大,终于不再需要跟从他人,可以独立生存了。主人公小癞子三换其主,历经坎坷,直到长大成家后才定居下来,过上普通人的生活。

《小癞子》是流浪汉小说的典型,这类小说的主人公无家可归,身处社会底层,受尽了欺凌和侮辱,尝够了辛酸和悲苦。在四处流浪的过程中,他们时常处于险境,不得不冒险做一些事情。他们本身是社会的弃儿,是受害者,但为了安身立命,有时又不得不干些偷窃、诈骗的勾当,于是他们又充当了害人者。他们在生存与长大的过程中的消极反抗使社会更加黑暗。在这些流浪者身上,有游历而无侠义,所以称他们为城市"游侠"。

2.1.4 大航海时代的新海上历险者

15—16 世纪的欧洲,资产阶级经过百年发展,队伍越来越壮大,资产阶级反封建的斗争渐入高潮。同时哥伦布、麦哲伦等人开辟了新航线,发现了新大陆,为新的海上历险创造了条件。神秘的新大陆为众多的欧洲人描绘了一幅美景,在发财梦的驱使下,无论是贵族、平民,还是强盗,人们前仆后继,远走他乡,经商、淘金、贩奴,拉开了资本主义殖民扩张的大幕。

1708 年,一艘远航在大西洋上的轮船在距智利海岸 900 多千米的胡安-费尔南德斯群岛中的一个叫马萨捷尔的小岛上,意外发现了一个"野人",船长伍兹·罗杰斯将他带回了欧洲大陆。当

时这个人已经不会说话，经过治疗和休养，他终于回到文明世界中，可以开口讲话，并回忆起曾经发生过的一些情况。原来他是一个水手，名叫亚历山大，是苏格兰人。在四年前航海时，船上的水手与船长发生了争执，一些水手造反，结果失败，受到船长的严厉惩罚。亚历山大虽然没有被处死，但是船长残忍地下令将他一人丢弃在荒无人烟的孤岛上。亚历山大就在这座孤岛上独自生活了 4 年零 4 个月，直到被搭救。这件事情在英国被报道后引起了轰动，1719 年英国人笛福受这件事的启发，构思了鲁滨孙的故事，发表了小说《鲁滨孙漂流记》。小说中的主人公鲁滨孙被称作近代欧洲文学中的"奥德修斯"，他历经各种危险，顽强地生存下来，最终得以返回家乡。

　　鲁滨孙是个平民，出身于一个体面的商人家庭。他酷爱航海，远方的未知世界吸引着他。总想去见识一番的鲁滨孙不甘心过富裕平静的生活，一心渴望冒险和刺激。他先后四次出海，前三次有惊无险，第四次时，船在途中遇到风暴触礁，除了鲁滨孙，船上水手、乘客全部遇难。幸存的鲁滨孙只身漂流到一个荒无人烟的孤岛上。因为船只已毁，鲁滨孙只能等待救援。在漫长的等待中，他独自一人在孤岛上筑屋、建栅栏，制造简单的生产工具来种地、狩猎，这样独自生活了 15 年。一天他在岛上意外救了一个要被吃掉的野人，并给他取名"星期五"，这个人成为他的朋友和仆人。两人相伴直到第 28 个年头，终于有船路过这个荒岛，鲁滨孙和星期五得救了，他们回到了欧洲大陆。

笛福是以资产阶级上升时期的冒险进取精神和 18 世纪的殖民精神来塑造鲁滨孙这一形象的。一个人独自生存是多么孤独，更何况是在荒岛之上，但是鲁滨孙充满劳动热情，坚毅勇敢，靠着坚定的信念和过人的智慧，最终战胜了自然，战胜了自我，创造出了精彩的人生。鲁滨孙的所作所为显示了一个硬汉的英雄本色。

作为一名新时期的海上历险者，鲁滨孙的经历与奥德修斯有许多相似之处，在他身上凸显了古代游侠的勇敢、坚韧与智慧。但是，鲁滨孙创建"伟业"的动机不同于古代英雄、游侠们为民除害，为赢得荣誉和友谊的动机，鲁滨孙主要还是出于个人财富积累的目的，他的"伟业"中甚至包括贩卖黑人。鲁滨孙的行为体现了资产阶级金钱至上、不择手段的本性，与古代游侠相比，那种追求荣誉至上、舍生取义的理想主义情怀在鲁滨孙的身上消失殆尽，而 18—19 世纪欧洲殖民主义扩张时期的冒险家和殖民者的形象暴露无遗。

2.1.5　个人英雄

从 14—15 世纪英国的圈地运动开始,欧洲资本主义的生产关系就在酝酿和建立之中。到了 17 世纪初,英国的工业革命成果和海外扩张殖民区域的出现,使得资本主义的生产关系与当时的封建制度之间的矛盾更加激化。1640—1688 年间,英国资产阶级与封建贵族进行了多次交锋,最终资产阶级取得胜利,确立了君主立宪制。在欧洲大陆,1789 年法国爆发了资产阶级反封建的大革命。这是世界近代史上一次规模最大、范围最广的资产阶级革命,它不但结束了法国 1000 多年的封建统治,还摧毁了整个欧洲大陆的封建秩序。随后拿破仑第一帝国的建立及与欧洲多国进行的军事斗争,进一步打击了欧洲封建主的统治势力。英国和法国资产阶级革命及资本主义制度的建立,极大地加速了欧洲其他国家的资本主义化进程。

到了 19 世纪,资本主义制度终于在世界范围内确立了统治地位。资产阶级在革命中一直打着"自由、民主、博爱"的旗号,宣扬建立人人平等的社会制度。事实上,资本主义制度的确立虽然摧毁了封建社会的农业文明,撕下了封建宗主们虚伪温情的面纱,但是并没有给广大下层人民带来所谓平等。大资产阶级瓜分了革命成果,获得了最大利益。新的社会制度造成新的不合理、不公平的社会现象,引发了中小资产阶级的不满,而广大无产阶级则投入继续争取平等的斗争中。

伴随着资本主义制度的逐步确立,社会上金钱至上、唯利是图的风气日渐兴盛,这些在巴尔扎克等批判现实主义作家的笔下被表现得淋漓尽致。物质主义的兴盛使得古代游侠们高尚的英雄主义变得苍白无力,但是在文学世界里,依然有满怀理想的作家,以作品中桀骜不驯、充满斗志的艺术形象,对腐朽的封建制度和虚伪的资本主义予以揭露和猛烈的抨击。

拜伦,1788 年出身于英国伦敦一个没落的贵族家庭,后来他继承了家族的爵位。学生时代的拜伦深受启蒙主义思想的影响,对英国资产阶级革命后的社会现实十分失望。1809 年到 1811 年间,拜伦游历了西班牙、希腊、土耳其等国,并以这次游历为蓝本,创作了长诗《恰尔德·哈洛尔德游记》。后来拜伦又创作了诗歌《东方叙事诗》《唐璜》等作品。在他的诗歌中,拜伦塑造了贵族青年恰尔德·哈洛尔德、唐璜、强盗康拉德等形象,这些形象高傲、倔强,有高昂的斗争热情,决不向现

实的黑暗与不公妥协;但是同时他们十分孤独、忧
郁,我行我素,时常表现出悲观与怀疑的情绪。这
些形象被称作"拜伦式英雄"。

"拜伦式英雄"与古代英雄相比,同样是为理
想而奋斗的勇士,他们也有四处游历的经历,可谓
19 世纪的现代游侠。可悲的是他们的理想主义
在资产阶级的大众风气中显得不合时宜,并不能
像古代英雄那样得到人们的尊崇和传诵,加上他
们严重脱离群众,往往一个人孤军奋战,找不到真
正解决问题的办法,斗争反抗的结果只是加重他
们对现实的怀疑和失望,悲观、孤独和郁郁寡欢成
为这些英雄的标签,失败的结局更为他们增添一
抹悲怆的色彩。

2.1.6 现代心灵漂泊者

进入 20 世纪,人类经历了两次世界大战。战
争毁坏了人们的生活、情感,摧毁了古希腊以来逐
步建立与巩固的理性主义大厦,战后西方弥漫着
怀疑、痛苦、困惑、迷惘、厌世的情绪。另外,在资
本主义的发展中,城市化进程也步步相随。现代
人集中生活在一些大城市中,随着科技发展,人们
发明了飞机、火车等现代化的交通工具,使得人类
的出行安全便捷。于是,旅游只是游玩而无须冒

险;出差只是谋生而不再是建功立业。游侠似乎已经随着时代的发展而消失了。但是,囿于大城市高楼大厦钢筋水泥中的现代人类,在灵魂深处依然渴求自由,幻想可以四处冒险,成为伟大的英雄,只不过这种想法一旦付诸实践就变了形。

1922 年,詹姆斯·乔伊斯发表了意识流小说《尤利西斯》。尤利西斯是奥德修斯的希伯来语,这部小说是乔伊斯对古代史诗《奥德修纪》的仿写之作。曾经的古代英雄奥德修斯叱咤风云,征战特洛伊十年,又在返乡途中海上历险十年,但是在乔伊斯笔下,奥德修斯穿越时空,化身现代城市里的一个平常市民布鲁姆,十年的海上历险也艺术地幻化为布鲁姆一整天的无聊游荡。

主人公布鲁姆是一个犹太商人,书中记录了他一天的经历:做早餐—写情书—参加葬礼—招揽广告—吃午饭—逛图书馆(另一位青年斯蒂芬也在这里,暗指儿子寻父)—去酒吧—海边看夕阳—晚间探望病人—和斯蒂芬大闹妓院(带斯蒂芬回家,暗指父子相认)—妻子归来(暗指一家团聚)。布鲁姆这一天的经历与奥德修斯十年的海上历险情节形成互文关系,但是古希腊英雄奥德修斯在战场与海洋中表现出来的智慧和搏击万里的气概,在现代人布鲁姆身上已荡然无存,奥德修

斯的一系列英雄业绩转变为城市俗人的无聊游荡和酒后胡闹。布鲁姆的一天真实展现了现代人囿于城市的困惑与孤独，他们固守平凡的现实，过着看似无忧实则无聊的日子。崇高的理想和伟大的追求似乎与现代人的生活已经无关，但是人们又对平庸感到厌倦，心里纵然再不甘却又无能为力，而人与人间的疏远、隔阂让人感到孤单寂寞。这是现代人现实生活和内心世界的真实写照。

2.1.7 科技发展与科幻游侠

那么，现代社会真的不再需要英雄了吗？文学中真的不再需要塑造游侠形象了吗？

在原始初民的世界里，自然神秘无比，命运福祸无常，人们通过幻想创造了诸多神的形象，用来合理解释这个世界的各种现象。当人们渐渐"破译"了世界的各种自然现象，神话与传说就变成了保留在人类历史中的一段记忆。不过尽管科学的发展已经能够解答诸多问题，但是人类对世界的认识依然远远不够，人类从来没有停止探索的脚步，每一次探索的起点都是由想象出发，每一次被证实的想象，又将带给人类更多的未知和更大的想象空间。在文学创作中，现代人虽然不再创作神话故事，但是科幻文学伴随科技发展却越来越丰富。

19 世纪初期英国女作家玛丽·雪莱在她的小说《弗兰肯斯坦》中最早将科学因素引入文学创作中。到了 19 世纪末期,法国的儒勒·凡尔纳创作了科幻小说《海底两万里》《80 天环游地球》等作品。在当今诸多的科幻文学作品和电影作品中,我们发现了许多与众不同的人物,他们能力超群,头脑聪明,最可贵的是他们具备无私的奉献精神,比如钢铁侠、蝙蝠侠、蜘蛛侠、X 战警等,这些形象常常在人类危难时刻挺身而出,不远万里,义不容辞地去解救人类。他们是高科技与工业文明的结合体,他们的出现恰恰揭示了在人类社会与自然生态都危机重重的现代,人们对英雄情怀的渴望。

在这些"科幻游侠"(这些科幻英雄往往要跋山涉水去解救人类)身上,高超的技能受到追捧,危难时刻挺身而出、舍己为人的壮举受到赞扬,伟大的理想和高尚的情操得以复活,古代游侠的英雄主义和理想主义情怀借着"科幻游侠"的形象得以回归到文学之中。

2.2 游侠演变的原因及意义

西方文学艺术中游侠形象的演变与人类社会

的时代变迁密切相关。文学是人类现实生活的艺术的表现。艺术来源于现实生活,即使是神话和科幻这种看似纯粹以想象力来构思的文学作品,也极大地展现出现实生活的真实性。西方文学中的游侠如何游历及游历的目的,都是与时代密切相关的。在古代社会生产力水平极低的情况下,生存是人类的第一要务。人们以征服自然超越自身局限为荣耀,勇敢的品质和高超的武艺为大众所敬仰,能够生存下来并且对部落整体做出贡献的人会被传颂。古代英雄历险首先必须面对现实:在自然中生存,征服自然,改造自然。同时在提高自身生存能力的情况下,人类的欲望也越来越多,将生存的空间扩大到更为广袤的地域——海外。而到了中世纪,民族形成,国家建立,英雄除了有武艺、要勇敢,为国家出力则更为重要,所以中世纪骑士尚武且忠君,以成为贵族中的一员为荣。后来的城市游民及大航海时代的殖民历险家,他们打破了贵族的等级限制,普通人为了生存或者为了生存得更好也要去冒险,他们的冒险更注重现实,无暇顾及伟大的英雄情怀。到了现代,人类的物质生活水平不断提高,生活安逸无须太多冒险。但是世界大战等因素摧毁了人的信仰,怀疑、悲观的情绪蔓延,导致人类的精神世界中崇高性被消解,英雄主义在消失。不过在当代,人类已经把探索的目光投向无边的宇宙,不断超越自己,追求更高更强的意念促使人类向新的极限发出挑战。古老的英雄情怀与游侠精神在当代依旧不死,文学艺术创作中"科幻游侠"的形象传递的正是这种不灭的精神。

从古希腊至今,游侠形象在不同时期的西方文学艺术中延续,以上梳理的人物只涉及文学艺术作品中的一小部分形象。概括起来,游侠形象有以下几大特点。

第一,游历冒险是西方文学艺术的母题之一,游侠形象就是在这一母题中诞生、变迁的。从古希腊的英雄到中世纪的骑士、文艺复兴时期无家可归的流浪者、工业革命后的海外殖民冒险家、资本主义的怀疑主义者、现代心灵漂泊者和科幻英雄等,西方文学艺术塑造了众多不同时代、不同风格的游侠形象。

第二,冒险、探索和漂泊是游侠的主要外部特征;勇敢、智慧、坚毅、重视荣誉等美德是游侠的内核。这种游侠精神是人类不懈追求、永不放弃的精神特质,在今天仍被人们需要。

第三,古代英雄的伟绩随着生活环境的改变而发生了变异。在我们前面提到的聚居城市中,

出行虽有现代化工具,但人们生活趋于平庸,让人感到英雄无用武之地,游侠无游走之路。

第四,在现代社会,虽然高科技发展迅速,物质生活丰厚,但人的内心世界孤独,人们渴求淳朴、本真的情感,我们依然需要"英雄情怀"。

3 复仇者:责任、理性与人性

在这一节中,我们一起来了解一下西方文学中的复仇者形象。一提到复仇者,大家就会想到哈姆雷特。《哈姆雷特》是莎士比亚创作的一部家喻户晓的悲剧作品,在中国也曾被翻译为《王子复仇记》。提到复仇,人们往往想知道复仇者是如何想方设法达到目的的,但是哈姆雷特作为一个复仇的王子最令人玩味的是他的"不复仇",即复仇过程中的延宕。

3.1 拖延症复仇者——哈姆雷特

《哈姆雷特》大约创作于 1601 年,讲述了一个丹麦王子为父报仇的故事。

丹麦王子哈姆雷特在德国的威登伯尔大学留学,突然收到父亲老哈姆雷特病亡的消息,他连忙赶回国处理。孰料,他的叔叔已在他回国前登上了王位。不出两个月,母亲又匆忙改嫁叔叔,仍然

是王后。这一连串的变故，让哈姆雷特感到困惑而无奈。一天深夜，父亲的亡灵出现了，向哈姆雷特讲述了自己死去的真相。原来，父王并非外界所说的暴病而亡，而是被他的弟弟也就是现在的国王克劳狄斯用毒药害死的。得知真相的哈姆雷特悲痛万分，发誓要乘着"思想的翅膀，飞一般去报仇"。于是，戏剧就此拉开了王子复仇的大幕。

《哈姆雷特》是一部五幕剧。王子得知父亲死亡的真相是在戏剧的第一幕第五场，也就是在戏剧开场不久，而他最终杀死克劳狄斯实现为父报仇是在第五幕第二场，也就是戏剧即将结束时。哈姆雷特复仇的过程几乎贯穿了整部作品，那么，是什么阻碍了王子复仇的步伐呢？

戏剧冲突是推动作品中人物行动和情节发展的动力。在《哈姆雷特》第一幕中，父王死去的真相，引发哈姆雷特要为父报仇的决心，戏剧冲突马上显现出来。怎样才算为父报仇，其实在哈姆雷特和观众的心中是有答案的：杀父之仇，自然是以牙还牙，以血还血，杀死凶手，伸张正义。有了这个人们一致认可的答案，观众的预期是想看到戏中的哈姆雷特如何实现复仇，用什么方法杀死叔叔克劳狄斯。但是接下来的情节发展却并未如观众期望的那样，反倒出现了停滞。

在第一幕就通过父亲的亡灵得知真相的哈姆雷特，尽管信誓旦旦说马上去报仇，可是在后续的剧情中，他所做的并不是谋划如何复仇，而是继续回到痛苦与困惑之中，思考现实中的种种不合理现象，发出了"to be or not to be"的质问，甚至在失望中意欲自杀。对于他的女友奥菲莉亚，哈姆雷特态度大变，讽刺挖苦，以至于大臣波罗涅斯认定他是发了疯。

在哈姆雷特自我折磨并被他人不断猜测和试探中，戏剧发展到第三幕。一个流浪剧团有幸要为国王做几场演出，哈姆雷特自告奋勇充当剧团的临时导演。在他的指挥下，流浪剧团排演了一出哈姆雷特称之为"捕鼠机"的戏中戏。在第三幕第二场中，国王与王后邀请一群大臣及其家属参加晚宴并一同观戏。克劳狄斯对所演的内容毫不知情，而"捕鼠机"表现的就是老王哈姆雷特被毒死的情景。面对自己犯罪过程的重现，克劳狄斯既惊恐又内疚，他的表现充分证明了老王哈姆雷特亡灵向哈姆雷特诉说内容的真实性。

《哈姆雷特》"戏中戏"的出现，为哈姆雷特之前不报仇的行为做了有力的注释：原来王子并未忘记自己的誓言，也没有逃避自己应尽的责任，他看似不作为，甚至表现出精神的不正常，都是为了

掩饰自己对真相的探寻，麻痹对手，以寻找机会，去证实父亲亡灵所说的话的真实性，为自己的复仇提供可靠的依据。

哈姆雷特的猜测和老王鬼魂所说的话被证明是真实的，而此时克劳狄斯也清楚地知道哈姆雷特并没有发疯，而且自己的罪行已经暴露。在之后的剧情发展中，哈姆雷特毫无疑问要为父报仇，克劳狄斯也不会甘心等死，必定要尽快除掉哈姆雷特，于是哈姆雷特与克劳狄斯之间的矛盾激化，戏剧冲突再次掀起高潮。

"戏中戏"的表演让国王惊慌失措，震怒不已，大臣们不明就里，晚宴不欢而散，王后觉得哈姆雷特故意与克劳狄斯作对，搅乱了晚宴，太不像话，所以要与哈姆雷特谈一谈，让他收敛一下，不要搞得大家都不体面。王后派人去叫哈姆雷特来她的寝宫，听她训话。在哈姆雷特去母亲房间的路上，正好遇到克劳狄斯在耶稣像前忏悔（《哈姆雷特》第三幕第三场）。此时的克劳狄斯内心深感愧疚，毫无防备，这正是哈姆雷特复仇的好机会。哈姆雷特只要果断挥剑，就可以结果克劳狄斯的性命，报了杀父的大仇。但是就在他举起佩剑的那一刻，哈姆雷特犹豫了：

他现在正在祈祷,我正好动手;我决定现在就干,让他上天堂去,我也算报了仇了。不,那还要考虑一下:一个恶人杀死我的父亲;我,他的独生子,却把这个恶人送上天堂。啊,这简直是以恩报怨了。他用卑鄙的手段,在我父亲满心俗念、罪孽正重的时候乘其不备把他杀死;虽然谁也不知道在上帝面前,他的生前的善恶如何相抵,可是照我们一般的推想,他的孽债多半是很重的。现在他正在洗涤他的灵魂,要是我在这时候结果了他的性命,那么天国的路是为他开放着,这样还算是复仇吗?不!收起来,我的剑,等候一个更惨酷的机会吧;当他在酒醉以后,在愤怒之中,或是在乱伦纵欲的时候,有赌博、咒骂或是其他邪恶的行为的中间,我就要叫他颠踬在我的脚下,让他幽深黑暗不见天日的灵魂永堕地狱。我的母亲在等我。这一服续命的药剂不过延长了你临死的痛苦。

（《哈姆雷特》第三幕第三场）

就这样，哈姆雷特放弃了这次绝好的报仇机会。

但是"戏中戏"之后，克劳狄斯步步紧逼，想尽一切办法欲置哈姆雷特于死地。比如派哈姆雷特去英国进行外事访问，同时写信给英国国王，请求他处死来访者，借英国国王之手除掉哈姆雷特。后来又故意挑逗雷欧提斯（大臣波罗涅斯之子）去与哈姆雷特比武，欲借雷欧提斯的毒剑置哈姆雷特于死地。为了保证万无一失，他还为哈姆雷特准备了毒酒，在哈姆雷特胜利时，假意为之庆祝，然后用毒酒要了哈姆雷特的命。在克劳狄斯的步步紧逼之下，哈姆雷特并非不了解克劳狄斯的本意，但是哈姆雷特一直被动应战，没有主动积极地展开复仇或反击。面对复仇的重任，哈姆雷特似乎患上了拖延症，一方面不断表达自己要复仇的决心，另一方面又不断错过良机。那么，哈姆雷特复仇延宕的原因是什么呢？

3.1.1 宗教信仰的影响

"戏中戏"之前哈姆雷特的"不作为"尚可理解，因为他无法仅凭自己的猜测和鬼魂的话就认定克劳狄斯是凶手。"戏中戏"印证了他的猜测和鬼魂的话，但在此之后他轻易放弃了杀死克劳狄斯的机会,这种做法令人不解。对此,剧中给出的解释是因为基督教的信仰。

在第三幕第三场中,克劳狄斯看了流浪剧团的表演之后,内心十分不平静,愧疚、自责和罪恶感深深困扰着他,他向上帝祈祷,请求原谅。正在忏悔之时,哈姆雷特经过,此刻哈姆雷特杀死克劳狄斯易如反掌,但是哈姆雷特此刻却想到基督教中宣扬一个人无论做了什么,只要他临终时表示忏悔,就可得到上帝的宽恕,还是有上天堂的可能。所以哈姆雷特认为,在克劳狄斯忏悔时杀掉他,就是把他送上天堂,这太便宜克劳狄斯了,不算是报仇,简直是报恩了。出于这个原因,他放弃了这次机会,想要等待克劳狄斯以后作恶时再杀死他,这样就会让他堕入地狱,无法翻身,这样做才算是报仇。

这种解释在国内的观众看来会觉得有些牵强,但如果我们回到该剧创作的时代——17世纪初,就可以理解了。自公元4世纪基督教合法化以来,基督教不断扩大传播范围,到了文艺复兴时期,基督教已经在欧洲传播了近千年,它宣扬的观念可谓人人知晓,深入人心。在《哈姆雷特》中表现宗教与人们的生活息息相关的内容比比皆是,例如老王的鬼魂出现时说他因为突然死亡,没来

得及忏悔而无法升入天堂，每天都得忍受天上炽热的火焰的灼烧；哈姆雷特在探讨"生存还是毁灭"时，也提到基督教不允许自杀的规定。另外，文艺复兴时期的人文主义者以人性反对神性，以个性解放反对禁欲主义，但这并不是对基督教的全盘否定，人们对人要具有宗教信仰的看法还是普遍被接受的。因此，剧中哈姆雷特的想法和做法在当时的人们看来，是完全可以理解和接受的。

但之后，哈姆雷特仍然没有积极主动地去寻找机会杀死克劳狄斯，直到最后一幕，哈姆雷特在与雷欧提斯比武时，王后误饮了克劳狄斯为哈姆雷特准备的毒酒，很快因毒性发作身亡，哈姆雷特和雷欧提斯也都中了毒剑，等待他们的是死亡。雷欧提斯在临死时揭发了克劳狄斯是背后的主使。面对罪行无可饶恕的克劳狄斯，哈姆雷特终于举起复仇之剑，与克劳狄斯同归于尽。哈姆雷特在剧中肩负复仇的重任，一直犹豫迟疑，不断丧失复仇的良机，导致更多悲剧的发生，最后似乎是在"迫不得已"的情况下才杀死克劳狄斯。对此，观众和学者还是要问为什么。有人认为哈姆雷特是胆小，不敢杀人，但是在剧中他曾杀死大臣波罗涅斯，也曾与海盗英勇作战，所以胆小一说并不成立。有人认为哈姆雷特一度处于发疯状态,所以没法完成复仇大业,但是通过分析戏剧情节可以看到,哈姆雷特的疯癫其实是装出来的。

3.1.2　人文主义重整乾坤的理想破灭

哈姆雷特复仇延宕的另外一种解释是,作为一个人文主义者,哈姆雷特在剧中要完成的任务并不只是杀死克劳狄斯为父报仇。与杀掉一个人相比,以人文主义的理想来重整乾坤,才是哈姆雷特的历史使命,但这又是他一个人在那个时代、那种社会状况下无法完成的。哈姆雷特有着崇高的理想和无数改革的想法,但由于孤军奋战,在现实中举步维艰,他的复仇计划被拖延下来。

在《哈姆雷特》一剧中,哈姆雷特被莎士比亚塑造成一个具有进步思想的人文主义者。他在德国的大学接受了进步的人文主义思想,回到丹麦后,面对父亲留下的国家和新的君主叔叔克劳狄斯,深感封建制度的没落,他在剧中感叹道:"这是一个荒芜不治的花园,里面长满了恶毒的莠草","世界是一所大监狱,而丹麦是其中最坏的一间"。他知道要改变黑暗的社会现实就必须进行体制改革,作为一个进步人士,他也深刻认识到自己的时代使命:"这是一个脱节的时代,倒霉的我却要肩

负起重整乾坤的重任。""重整乾坤"也就是用进步思想来治理国家，建立新的制度。所以从一开始，哈姆雷特就自觉地把为父报仇与重整乾坤结合起来。克劳狄斯既是弑父的仇人，又是旧制度的代表。对于哈姆雷特来说，杀死一个人可能并不难，难的是在杀死克劳狄斯之后，如果他成为丹麦的国王，他该如何重整乾坤。

在剧中可以看到，哈姆雷特面对的封建势力十分强大，他个人力量极其有限，正是强大的阻力使他举步维艰，阻止了他复仇的脚步。在戏剧结束时，哈姆雷特与敌人同归于尽，虽然为父报了仇，却无法重整乾坤了，从这个意义上说，这是一部关于人文主义理想破灭的悲剧。

3.1.3　现代主义的"恋母情结"

学界对哈姆雷特复仇延宕的探讨曾一度十分热烈，给出的原因有很多，诸如前文所提到的宗教说、人文主义说，还有性格说、疯癫说等。到了 20 世纪现代主义思潮泛滥，人们也尝试用现代学说来阐释这一问题，例如有学者用弗洛伊德的"俄狄浦斯情结"来解释哈姆雷特的复仇延宕。

弗洛伊德是一位心理医生，他的精神分析学说对文学批评产生了很大影响，其中广为人知的是"俄狄浦斯情结",即"恋母情结"。按照弗洛伊德的学说,男孩幼儿的一段时期内会对母亲十分依恋,希望独自占有母亲的爱,但是他们发现有一个强大的对手——父亲,于是他们对父亲本能地嫉妒和排斥,希望长大后成为像父亲一样强壮的人,进而取而代之。这种潜意识中存在的"弑父娶母"的心理,被称为"俄狄浦斯情结"。在莎士比亚的《哈姆雷特》中,哈姆雷特确实在不同场合中表现出对母亲的特殊情感,在第一幕中,他就用内心独白,表现出对母亲迅速改嫁的内心纠结。

想不到居然会有这种事情!刚死了两个月!不,两个月还不满!这样好的一个国王,比起当前这个来,简直是天神和丑怪;这样爱我的母亲,甚至于不愿让天风吹痛了她的脸。天地呀!我必须记着吗?嘿,她会偎依在他的身旁,好像吃了美味的食物,格外促进了食欲一般;可是,只有一个月的时间,我不能再想下去了!脆弱啊,你的名字就是女人!短短的一个月以前,她哭得像个泪人儿似的,送我那可怜的父亲下葬;她在送葬的时候所穿的那双鞋子还没有破旧,她就,她就——上帝啊！一头没有理性的畜生也要悲伤得长久一些——她就嫁给我的叔父，我的父亲的弟弟，可是他一点不像我的父亲，正像我一点不像赫剌克勒斯一样。只有一个月的时间，她那流着虚伪之泪的眼睛还没有消去红肿，她就嫁了人了。啊，罪恶的匆促，这样迫不及待地钻进了乱伦的衾被！那不是好事，也不会有好结果；可是碎了吧，我的心，因为我必须噤住我的嘴！

（《哈姆雷特》第一幕第二场）

在王后寝宫听从母亲训话的一场戏中，母子二人进行了尖锐的交锋，哈姆雷特再次指责母亲改嫁他人的行为：

这是你现在的丈夫，像一株霉烂的禾穗，损害了他的健硕的兄弟。你有眼睛吗？你甘心离开这一座大好的高山，靠着这荒野生活吗？嘿！你有眼睛吗？你不能说那是爱情，因为在你的年纪，热情已经冷淡下来，变驯服了，肯听从理智的判断；什么理智愿意从这么高的地方，降落到这么低的所在呢？知觉你当然是有的，否则你就不会有行动；可是你那知觉也一定已经麻木了；因为就是疯人也不会犯那样的错误，无论怎样丧心病狂，总不会连这样悬殊的差异都分辨不出来。那么是什么魔鬼蒙住了你的眼睛，把你这样欺骗呢？有眼睛而没有触觉，有触觉而没有视觉，有耳朵而没有眼或手，只有嗅觉而别的什么都没有，甚至只剩下一种官觉还出了毛病，也不会糊涂到你这步田地。羞啊！你不觉得惭愧吗？要是地狱中的孽火可以在一个中年妇人的骨髓里煽起了蠢动，那么在青春的烈焰中，让贞操像蜡一样融化了吧。当无法阻遏的情欲大举进攻的时候，用不着喊什么羞耻了，因为霜雪都会自动燃烧，理智都会做情欲的奴隶呢。

（《哈姆雷特》第三幕第四场）

并且告诫王后，疏远克劳狄斯：

啊！把那坏的一半丢掉，保留那另外的一半，让您的灵魂清净一些。晚安！

可是不要上我叔父的床；即使您已经失节，也得勉力学做一个贞节妇人的样子。习惯虽然是一个可以使人失去羞耻的魔鬼，但是它也可以做一个天使，对于勉力为善的人，它会用潜移默化的手段，使他徙恶从善。您要是今天晚上自加抑制，下一次就会觉得这一种自制的功夫并不怎样为难，慢慢地就可以习以为常了；因为习惯简直有一种改变气质的神奇的力量，它可以制服魔鬼，并且把他从人们心里驱逐出去。让我再向您道一次晚安；当您希望得到上天祝福的时候，我将求您祝福我。

（《哈姆雷特》第三幕第四场）

从这些话语中，可以看出哈姆雷特对母亲改嫁非常介意。一方面，他认为母亲改嫁的人非常龌龊，根本不能与他的父亲相提并论。但是事实上，克劳狄斯是老哈姆雷特的弟弟，是一个正常的人，没有什么身体的残疾，即使没有老哈姆雷特英俊，也不至于像哈姆雷特说的那样不堪。哈姆雷特极力丑化克劳狄斯完全是因为主观上对父亲极为尊崇，不论谁代替他的父亲都是丑陋、低下且不值一提的。

另外,20 世纪心理分析家、批评家琼斯在1990 年发表的《用俄狄浦斯情结解释哈姆雷特之谜》一文指出,克劳狄斯"杀死哈姆雷特的父亲,娶了哈姆雷特的母亲",正是哈姆雷特潜意识里所想要做的,但是克劳狄斯抢先一步完成了这一行为,这让哈姆雷特十分嫉妒和气愤,于是他对克劳狄斯充满怨恨。但是,杀死克劳狄斯就等于杀死自己,因为克劳狄斯代表了他所希望做的一切,因此哈姆雷特迟迟下不了手,复仇的事一拖再拖。

这种解释引起诸多人的反对,不过我认为它还是值得大家了解一下的,因为这种学说就像这个问题本身一样,充满争议。

3.2 哈姆雷特的前身与后世

在西方文学中,不同时期不同作家塑造了许多复仇者形象,哈姆雷特不是西方文学中第一个复仇者形象,也不是最后一个。早在古希腊文学中,就出现了俄瑞斯忒亚、美狄亚等复仇者形象。在《哈姆雷特》之后,19 世纪西方文学中《基度山伯爵》《呼啸山庄》《红字》等都是围绕复仇展开的作品,也塑造了诸多复仇者形象。

3.2.1　为父报仇的俄瑞斯忒亚

在许多复仇者形象中,俄瑞斯忒亚的处境与后来的哈姆雷特极为相似。俄瑞斯忒亚是古希腊埃斯库罗斯创作的悲剧三部曲《阿伽门农》《奠酒人》《报仇神》中的主人公,他的父亲是阿伽门农。俄瑞斯忒亚和哈姆雷特一样是一位为父报仇的王子。

《阿伽门农》:当年国王阿伽门农率领希腊联军打败特洛伊,得胜而归。在他外出征战的十年中,他的妻子克吕泰墨斯特拉已经与另外一个贵族——阿伽门农的堂兄弟埃癸斯托斯有奸情,同时她对阿伽门农将女儿伊菲格涅亚献祭一事耿耿于怀,加上阿伽门农返回后带回美丽的特洛伊女俘卡珊德拉,进一步引发克吕泰墨斯特拉的嫉妒与不满。她与奸夫合谋,害死了阿伽门农。当时年幼的王子俄瑞斯忒亚在仆人的帮助下逃离,流亡他乡。

《奠酒人》:长大后的俄瑞斯忒亚重返家乡,与姐姐相认,确认父亲死亡的真相,为父报仇,杀死了埃癸斯托斯及他的母亲。

《报仇神》:神界有三个复仇女神,三个复仇女神认为俄瑞斯忒亚杀死母亲,罪孽深重,所以要找他报仇。俄瑞斯忒亚四处躲藏,最后逃到雅典娜神庙,他向雅典娜陈明自己弑母的缘由,请求雅典娜为他评判是非。雅典娜挑选了十位正直睿智的市民担任法官,自任首席审判官,最后投票决定是赦免还是惩罚。结果雅典娜最终投了决定俄瑞斯忒亚命运的一票——赦免。

这三部曲展示出古希腊母权制的衰落,同时表达了当时的社会观念:儿子为父报仇是义不容辞的责任,是天经地义的,报仇的方式是"以牙还牙,以血还血"。

俄瑞斯忒亚与哈姆雷特都承担着为父报仇的重任,但是在俄瑞斯忒亚身上,我们没有发现他的犹豫,他以行动表明:就是要杀死害死自己父亲的人,以命抵命;即使参与杀父的人是自己的亲生母亲,也不能放过。这一形象暴露出古希腊时期人类的原始野性,强调的是个人对以男性为首的家族的责任。

与俄瑞斯忒亚相比,文艺复兴时期的哈姆雷特更多体现出人类的理性与人性的光辉。首先,哈姆雷特自己也对父亲的暴亡感到蹊跷,对叔叔有所怀疑,但是一直没有什么证据。当父亲的亡灵出现并向他揭示真相时,哈姆雷特脱口而出:"我的预感果然是真的,我的叔父。"(《哈姆雷特》第一幕第四场)但是,他并没有像古希腊人那样,

凭借所谓的神谕或者自己的梦境、猜测,就决定自
己的行动。他发下誓言要为父报仇,可是接下来
做的事情似乎与报仇无关,直到"戏中戏"的上演,
才让观众了解到他的内心:他需要以事实来证明这
些猜测和预示。这种做法正是理性的充分显现。

在《哈姆雷特》一剧中,老王的亡灵向哈姆雷
特说明他死亡的真相,要求哈姆雷特为自己报仇
时,非常明确地提到:"不可对你的母亲有什么不
利的图谋,她自会受到上天的裁判。"(《哈姆雷特》
第一幕第四场)哈姆雷特在以"戏中戏"证实了鬼
魂的话之后,准备开始自己的复仇行动,这时他也
提醒自己:"让我做一个凶徒,可是不要做一个逆
子。我要用利剑一样的说话刺痛她的心,可是决
不伤害她身体上一根毛发……"(《哈姆雷特》第三
幕第三场)在王后寝宫两人言语交锋时,王后训斥
哈姆雷特,让他不要胡闹,哈姆雷特正面斥责了母
亲,他言语激烈、苛刻。这时,父亲的亡灵再次显
现,提醒他不要伤害自己的母亲:"不要忘记。我
现在是来磨砺你的快要蹉跎下去的决心。可是,
瞧! 你的母亲那副惊愕的表情。啊,快去安慰安
慰她的正在交战中的灵魂吧! 最柔弱的人最容易
受幻想的激动。去对她说话,哈姆雷特。"(《哈姆
雷特》第三幕第三场)

无论是哈姆雷特的内心独白还是鬼魂对哈姆雷特的提醒,剧中都明确地表示复仇不可伤害王后。从《哈姆雷特》的情节中我们无法判断王后对老哈姆雷特的死因是否知晓,但是她迅速改嫁还是不合常理的。哈姆雷特父子一直明确地表示,不能伤害这个女人,因为她是老哈姆雷特的妻子,是哈姆雷特的母亲,这种家庭和亲情观念不断地在剧中体现,与复仇的行为交织在一起。与复仇者俄瑞斯忒亚的弑母行为相比,哈姆雷特身上的人性突显无遗。

尽管"戏中戏"为哈姆雷特前面的复仇延宕提供了理由,但是不能改变其复仇中的犹豫和拖延,特别是拿到叔父是弑父凶手的证据之后,他的复仇依旧迟迟不见行动,对此,前文已经提供了几种解释。但是如果从哈姆雷特的理性和人性的角度出发去研究,就会有新的理解。哈姆雷特对母亲的态度明确地表达出对亲情的极度珍惜,他要复仇,但是不想因此伤害亲人。同样,他面对的复仇对象克劳狄斯也是他的亲人——他的亲叔叔。如果克劳狄斯是为了权位杀害血亲,毫无疑问是罪大恶极,必遭报应;哈姆雷特作为儿子,手刃弑父仇人,也是理所当然。分开看两者都成立,但是,当把两者放在一起时,就使哈姆雷特陷入一个悖论之中：血亲被害是哈姆雷特报仇的理由，而杀死血亲是其复仇的手段，一旦他复仇成功，他自己也成了一个实质上杀害血亲、罪大恶极的人。哈姆雷特是否可以因为为父报仇而去杀死自己的亲叔叔，同时也是他的继父的这个人呢？换句话说，我们是否有足够的理由认定哈姆雷特为父报仇而杀死血亲与克劳狄斯野心膨胀杀害亲人两者有本质的区别？哈姆雷特的复仇理由被他复仇的手段解构，这正是让哈姆雷特的复仇一直迟疑不决的内在原因。

《狮子王》被称作动画版的《哈姆雷特》，其中一段剧情可以看作当代人对哈姆雷特复仇延宕的新解。小狮子辛巴以为是自己年幼时的过错害死了父王木法沙，为此他一直流浪在外。成年后辛巴被友人发现，当他得知荣耀国的危机，身为王子，他决定重返家乡，重整乾坤。结果他发现了父亲死亡的真相：实际上是叔叔刀疤害死父亲并篡夺了王位。于是辛巴与刀疤展开了决斗，刀疤被辛巴逼到绝境：

刀疤：你不会杀了我吧，我是你的家人，我是你的叔叔啊。

辛巴：不，我可不是你。

这两句简短的对话可以说是对哈姆雷特复仇延宕最好的注解。如果哈姆雷特像俄瑞斯忒亚那样,简单地以杀死那个害死父亲的人就算完成自己复仇的任务,那么就不需要那么多的犹豫和思考,哈姆雷特就会如某些观众预期的那样,四处寻找和制造杀死克劳狄斯的机会。虽然最后他死了,但因完成了任务,也没什么遗憾了。但是如果哈姆雷特这样做了,他与克劳狄斯又有何不同?他其实就成了另一个克劳狄斯。作为那个时代的进步者、思考者,他认识到自己不是杀死一个人就能解决问题的,父亲的死只是他在时代前进中要解决的问题之一。如何以合理的方式揭露罪行、惩治罪恶、伸张正义,推动社会的前进,是他必须承担的时代使命。

正是在哈姆雷特身上体现出的文艺复兴时期人的理性与人性的光芒,使哈姆雷特的"不复仇"成为有意义的行为,哈姆雷特这一不愿复仇的王子才在众多复仇者中更加令人同情和尊敬。

3.2.2 为己复仇的基度山伯爵

复仇形象遍布西方文学不同时期的作品,例如 19 世纪法国《基度山伯爵》中的唐泰斯、英国《呼啸山庄》中的希斯克里夫、美国《红字》中的奇

灵渥斯等,这些人物的复仇行为,承载的不再是为父报仇的责任,而是面对自己受到的不公待遇采取反抗的行为。

1844 年 8 月 28 日,法国作家大仲马开始在法国巴黎的《议论报》上连载他的小说《基度山伯爵》,直到 1846 年 1 月 25 日,共连载了 136 期。这部作品深受大众喜爱,获得了读者长时期的追捧。

年轻的水手唐泰斯在婚礼上突然被警察带走,开始他以为是一场误会,幻想自己很快就被释放,没想到被投入牢狱后,度过了饱受折磨的 14 年。在狱中他结识了学识渊博的法利亚长老,后者教会他很多知识。磨难让他更加成熟,后来他找到机会,逃出牢狱。又过了 8 年,他找到法利亚长老所说的宝藏,此后,爱德蒙·唐泰斯更名为基度山伯爵,重返巴黎,调查自己蒙冤的真相。

原来,当年唐泰斯那艘船上的会计唐格拉尔想当船长,怕唐泰斯抢了这个职位,而唐泰斯的朋友费尔南喜欢唐泰斯的未婚妻梅尔塞苔斯,于是费尔南和唐格拉尔联合起来诬陷唐泰斯通敌卖国,当时的办案人维尔福怕此案与自己家庭有牵连,于是草草结案,迅速把唐泰斯投入监牢。查明真相的唐泰斯开始了他的复仇行动。此时他的三位仇敌都已经飞黄腾达,地位显赫:唐格拉尔成了银行家,费尔南成了莫尔塞夫伯爵,维尔福是巴黎法院检察官。

基度山伯爵精心设计,终于把这些人的罪行昭示天下,让他们每个人都受到了应有的惩罚:他揭露了费尔南的真实身份和恶行,让他名誉扫地,妻子和儿子也以他为耻,离家而去,费尔南最后自杀身亡;发了横财的唐格拉尔破产,成了被通缉的逃犯,受尽惊吓和折磨;维尔福的种种罪行暴露后,妻子和儿子服毒自杀,他也精神失常。在这些人都受到应得的惩罚后,基度山伯爵带着爱慕他的女子远走高飞,开始了新的生活。

爱德华·唐泰斯这个复仇者主要为自己的冤屈伸张正义,而非出于血缘的关系、家族的责任。他的经历让人同情,他的复仇理由十分充分,他复仇的行动毫不犹豫。尽管他的复仇可谓痛快淋漓,但是唐泰斯从来没有让自己的双手沾染血迹,而是通过智慧伸张正义;复仇的目的不是消灭诬陷者的肉体,而是将他们的罪恶昭示世人,让他们的良心受到谴责,让他们在悔恨和绝望中度过余生或者自我消亡。

基度山伯爵不仅表现了道义上的惩处是更高

级的复仇方式，同时还宣扬了复仇中的宽恕是复仇者得以胜利和重生的关键所在。基度山伯爵没有放过任何一位仇家，但是在仇家身败名裂、家破人亡之时，他并未一味打击，最终还是给对方留下一条活路。基度山伯爵这一形象表明人类面对复仇这种行为，已经跳出了"以牙还牙，以血还血"的局限，认识到"以命抵命"的做法将会形成"冤冤相报"的怪圈。而复仇的最终目的是伸张正义，不是非要对方送命；以法律的、道义的方式彰显正义，惩治邪恶，是复仇的更高境界。人类面对不公的待遇需要复仇，但同时又需要宽恕，只有宽恕，才能在复仇之后重新得到平静和幸福。

与基度山伯爵相比，《呼啸山庄》中的希斯克里夫、《红字》中的奇灵渥斯都是只知复仇不懂宽恕的复仇者，所以他们在复仇中虽然达到了让伤害自己的人付出代价的目的，但是并不能使自己获得快乐和幸福。希斯克里夫的复仇让自己深爱的凯瑟琳送了命，复仇中他一天也没有感到轻松、快乐，他在惩罚他人的同时也在惩罚自己，直到最终他放弃了复仇，才为两个家族的人带来和解与重建的希望。在《红字》中，因妻子出轨，奇灵渥斯本该获得同情，但他的复仇的方式让人们看到了他的邪恶和卑劣，他不宽恕丁梅斯代尔,但是也不去揭发丁梅斯代尔,而是在精神上折磨他,他自己不幸福,也不想让他人幸福,他以别人的痛苦来补偿自己受到的伤害。他的行为变态,令人不齿。

3.3 复仇者形象的文学启示

从古代的俄瑞斯忒亚到文艺复兴时期的哈姆雷特,再到 19 世纪的复仇者形象,他们表现出人类在复仇观念、复仇方式等方面的变化。

3.3.1 复仇观念的变化

"复仇"存在于每个古老民族的历史记载中。中国的《礼记》中写道:"父之仇,弗与共戴天;兄弟之仇,不反兵;交游之仇,不同国。"在《圣经》的《旧约》和《新约》中,多次提到复仇,出现了"以牙还牙,以眼还眼"的文字。在世界上最早的法典——《汉谟拉比法典》中,记录了大约公元前 1750 年的古巴比伦人的复仇观念:"一个人如果毁掉别人的眼,则应以毁掉他自己的眼为惩罚。"可见,复仇是人类共同的行为,古已有之。

血亲复仇具有其存在的合理性。在原始社会和封建社会时期,在公共权力制度还不健全的情况下,人们只能以血缘和亲情为纽带来寻求安全。

当某一家庭成员人身、财产和荣誉受到损害,群居团体会视其为整个团体的损失,并要求做出反抗。复仇者是约定俗成被选定的人物,作为以血缘为纽带的群居成员中的一员,被选定者必然要承担起这一责任,否则就可能失去群体的保护。所以在这种情况下复仇行为是群体意识的体现和要求,个体的选择和意志往往被忽略。

随着社会的发展,这种血亲复仇的弊端越来越大,血亲复仇容易引发集团间持久的对立,不利于社会稳定。经过人们的探讨,后来逐步形成了以法律形式来替被伤害的人的后代进行复仇的方式,于是相关的法律制度逐渐建立、健全。随着人类文明的发展,复仇的方式也发生了改变:从"以牙还牙"相互抵偿到法律的制裁,再到道义的谴责、灵魂的拷问,进而宣扬宽容,达成和解。但是当个人的名誉、尊严和公正受到挑战时,依然会激起反击的行为,这表现为个体与个体之间的冲突,不代表某一群体的意愿,体现的是对个体生命价值的尊重,而非家族的责任。

3.3.2 文学作品中复仇主题表现的模式

在复仇主题的文学作品中,大体形成了三种情节模式。

第一种模式:子报父仇。

人类进入父权社会之后,确立了男性的至高地位,儿子是父亲的直接继承者,可以继承父亲的姓氏、财产和权力,而当父亲的人身、荣誉或财产受到损害,为父报仇也是儿子必须承担的责任。《俄瑞斯忒斯》《哈姆雷特》这样的作品,鲜明地体现了这种观念。中国的《赵氏孤儿》表达的也是这一思想。

在《哈姆雷特》一剧中,出现了三位为父报仇的形象:哈姆雷特、雷欧提斯、福丁布拉斯。哈姆雷特为父报仇就要杀死克劳狄斯;雷欧提斯为父报仇就要与哈姆雷特决斗;福丁布拉斯的父亲败在哈姆雷特父亲的剑下,失去了土地,所以福丁布拉斯要为父报仇,他向丹麦新君克劳狄斯发来战书,要讨回土地。也就是说,在为父报仇的责任上,三人是有相同的看法的。不同的是,雷欧提斯为父报仇不择手段,比武时居然使用涂上毒药的剑,结果自食恶果,付出生命的代价。福丁布拉斯的报仇既有父亲的原因,同时又是一种借口,即为了扩张自己的势力,觊觎王位。后来哈姆雷特与敌人同归于尽,丹麦王位最后果然落入了福丁布拉斯的手里。只有哈姆雷特,面对复仇,充满矛盾。一方面他认可为父报仇就是要杀掉害死自己

父亲的人，以命抵命；另一方面这个人是自己的亲叔叔和继父，他又囿于亲情和家族血缘的观念无法下手，同时还要思考如何重整乾坤，治理好国家。这些因素纠结在一起，使得哈姆雷特被困在原地，思考过多而无法行动。正因如此，才不能单纯地认为哈姆雷特是一个复仇者的形象，他对复仇的思考深刻表达了文艺复兴时期人的主体意识的增强和理性思想的勃发。

第二种模式：个人的爱恨情仇。

作为近代文学中的复仇者形象，基度山伯爵几乎卸掉了为家族复仇的责任，他被诬陷而遭受牢狱之灾，导致父亲无人照料，结局悲惨，但是总体上基度山伯爵复仇是为了洗刷自己的冤屈，他复仇的对象也是直接伤害自己的人，而不是弑父仇人。《呼啸山庄》的希斯克里夫本来就不知道父亲是谁，他的不满和复仇行为缘于凯瑟琳的选择。因为凯瑟琳同意了画眉山庄主人林顿的求婚，被抛弃的希斯克里夫远走他乡。三年后他返回，开始疯狂地报复。他报复的对象虽是画眉山庄的人，但是如果从理性的角度分析，他受到的伤害来自呼啸山庄：凯瑟琳的哥哥辛德雷继承了呼啸山庄，明确了希斯克里夫仆人的身份，也是因为这个，凯瑟琳选择嫁给林顿。而画眉山庄的林顿和伊莉莎白兄妹并没有直接在主观上伤害希斯克里夫,但是,在复仇中,希斯克里夫报复了所有人。他不仅一步步侵吞了辛德雷的财产,占有了呼啸山庄,还娶了伊莉莎白。伊莉莎白后来无法忍受希斯克里夫的虐待逃跑了,死在外地。希斯克里夫对自己与伊莉莎白所生的儿子小林顿也不放过,根本不顾小林顿的死活,把他变成自己报复的工具。希斯克里夫最不喜欢的当然是林顿,但是他并不能拿林顿怎么样,结果在他的复仇中最受伤害的是凯瑟琳。凯瑟琳虽然抛弃了希斯克里夫,二人却是真心相爱,心灵相通的。现实中作为林顿夫人的凯瑟琳无法去爱希斯克里夫,也没有理由责备林顿,她嫉妒伊莉莎白,但是无法阻止伊莉莎白嫁给希斯克里夫。希斯克里夫的复仇,让凯瑟琳身心俱毁,她挨到生下小凯瑟琳·林顿就死去了。她的死让希斯克里夫更加愤恨不平,他的一腔怒火无处发泄,只有更加疯狂地报复。他对凯瑟琳深厚的情感是真挚的,他的身世和经历也令人同情,但是他这种无理性的复仇行为令人们无法认同,所以希斯克里夫被称作"爱情的圣徒＋复仇的魔鬼"。

第三种模式:以仇人的子女相爱来化解仇恨。

复仇,特别是血亲关系的复仇,不仅涉及父子

两个人,还涉及两个家族(群居集团)更多的人、更多的事,会影响家族中其他人的生活。复仇带来家族之间的冲突、社会的不稳定,"冤冤相报何时了",无论是源于什么的复仇,总要有个了结。《罗密欧与朱丽叶》《熙德》《呼啸山庄》这些作品中仇家的下一代子女的相爱,最终化解了彼此的恩怨,终结了复仇,这类情节也是以复仇为主题的文学作品常见的一种模式。

罗密欧与朱丽叶,他们两个所属的家族很早就结下仇怨,到他们这一代人,都不清楚是因为什么结的仇,只剩下相互斗殴。正是两个家族死守"复仇"的责任,才断送了罗密欧与朱丽叶的爱情。两人的死唤醒了两个家族的理性,化解了相互的仇怨。《呼啸山庄》最终也是小凯瑟琳和哈里顿相爱结婚,将画眉山庄和呼啸山庄联合在一起,化解了恩怨,实现了和解。

3.3.3 复仇的合法性——正义的暴行

在复仇文学中,同样是伤害肉体的行为,有的被称作罪行,加以鞭挞;有的被称作复仇,加以歌颂。这是为什么呢?

区分罪行与复仇的关键是看正义是属于哪一方的。你先害死了我的父亲,或者伤害我在先,那么我对你的伤害就是所谓复仇。可见,复仇可以说是一种正义的暴行。但是,人们依据什么来判定一种暴力行为是否正义呢?习俗、法律和道义。当习俗中的"以牙还牙"造成"冤冤相报何时了"时,人类社会以法律来修正;但法律也并不能解决所有问题,这时人们以道义的高度来谴责罪恶,并以宽容达成和解,形成新的平衡。

正义包含着"公平""平等"等内容,而涉及具体事件与情境时,不同阶级、不同时代对何为正义的理解是不一样的。例如古希腊时代,俄瑞斯忒亚为父报仇是正义的、别无选择的,于是弑母的行为也因"正义"这个预设的前提而被宽恕。而哈姆雷特则在思考复仇正义的限度。中国古代经典复仇剧《赵氏孤儿》也展现了对"正义"理解的时代变化。在元、明时期,《赵氏孤儿》的主题就是复仇与正义,赵氏孤儿只是一个符号,结局必然是赵氏孤儿杀死屠岸贾。但是在现代版的《赵氏孤儿》中,什么是正义呢?那个为了救赵氏孤儿而成了替死鬼的程婴的儿子是正义的吗?失去自己的新生子的程婴的妻子是正义的吗?长大后突然卷入复仇的血雨腥风的赵氏孤儿是正义的吗?而在当代根据《赵氏孤儿》改编的戏剧或影视剧中,赵氏孤儿的复仇变得复杂而矛盾。

正义的内涵,因时代与民族的差异而有所不同,因此对文学作品中复仇的讨论也很复杂。

3.3.4 复仇主题的意义

复仇是古今中外文学作品中常见的主题。为复仇展开的激烈的冲突,使得文学作品情节紧张,富于悬念,引人入胜。不同时代,拥有复仇主题的文学作品不仅塑造了不同的复仇者形象,同时也反映出人类社会诸多方面的变迁。

在文学作品中,对复仇主题的描写和对复仇者形象的塑造,展现了人类社会文明的变迁。在古代的部族生活中,人们以血缘为纽带,家族的安全与利益和每个成员息息相关,所以必须维护家族的荣誉,反之就要受到众人的谴责,无法在家族中立足。所以血亲复仇中复仇者就是复仇本身的一个符号,人们不关注他是怎样想的,而是将注意力重点放在他是如何复仇的,比如古希腊的俄瑞斯忒亚,又如中国的赵氏孤儿。而当复仇行为不再是为了家族的利益时,人们更多表达的是个体复仇的合理性和复仇结果,这样的复仇者表现出鲜明的主体意识。现代社会法制的推行、秩序的建立,将家族复仇与个人复仇不断悬置,一切行为都要纳入法制之中,并宣扬正义必然得到伸张,放下私人恩怨,宽恕、和解才是新生活的起点。

在以复仇为主题的文学作品中,复仇者形象不是孤立的个体,只有把人物的复仇行为放到一定的社会背景中去分析,复仇主题作品的社会意义才会凸显出来。例如哈姆雷特,如果他与雷欧提斯一样,认为杀死克劳狄斯就完成任务了,那么哈姆雷特就会寻找和制造复仇的机会,而不是犹豫拖延和思考不停。但正是他的思考和拖延揭示了封建制度的黑暗,表达出人性的反抗和理性的成长。又如基度山伯爵,他的不幸表面上是交友不慎、遇人不淑,实则是当时唯利是图的风气破坏了正常的社会秩序和人际关系,毁灭了人性,卑鄙之徒可以飞黄腾达,无辜百姓任人宰割,社会暗无天日、金钱至上。但是,基度山伯爵的复仇也离不开金钱,正是金钱带给他新的身份和地位,使他有机会去复仇,这又是小说主题的吊诡之处。

复仇与宽恕看起来是矛盾的,实则又是统一的。复仇主题的作品中也常常宣扬宽恕的思想。在复仇的过程中,暴力行为以正义为前提,寻求合法性依据,从而得到允许或保护。但是,合法的暴力行为是有限度的,即使是在强调"以牙还牙,以眼还眼"的古代,仍然表明惩治要"等同",而不可过度。随着人们理性与人性的成长,人类渐渐跳出"等同行为 = 实现复仇"这一思维模式,逐步将

复仇交于法制和道义，将个人对家族的责任弱化，这是人类文明进步的表现。宽恕是复仇走向更高境界的体现，因为某种和谐与平衡被非正常因素打破，必须以一种方式重新达成平衡。复仇是一种解决问题的办法，宽恕同样也是。

4 女性：被塑造与自我重塑

　　本节关注的是西方文学中的女性形象，这是一个非常大的范畴，因为几乎每部文学作品都有这类形象，而完全男性化的、没有一个女性形象的作品少之又少。因此，从大的方面来讲，我们讨论的几乎是所有的西方文学作品。为了能够简要清晰地表达意图，在此章节，笔者将女性形象大致分为两大类：文学中的理想女性形象和被侮辱与被损害的女性形象。每一大类中再进行具体归纳。需要说明的是本节的女性形象分类并无严格、统一的标准，完全是为了能够有的放矢地进行讨论。

4.1 理想女性形象

　　我们先来了解一下外国文学中的"理想女性形象"。所谓"理想女性"，是指在作品中被作者美化、赞扬的女性，同时也是被大多数读者接受和认可的女性，通俗地说就是"好女人"的形象。在这

类女性形象中，又可细化为慈母、良妇、梦中情人、独立智者和另类的吉卜赛女郎等类别。

4.1.1 慈母形象

无论在哪个民族的文学中，对母亲的情感都是尊崇与敬佩的。文学中母亲的形象通常具有神圣、高贵的特征，是无私奉献的精神化身。

在西方文学中，有两位知名的母亲：地母盖亚和圣母玛丽亚。大地之母盖亚是古希腊前奥林波斯神系中最早出现的一位重要的女性神，从她身体分离出第一位男性天神乌拉诺斯。盖亚与之结合繁衍后代，于是有了6男6女共12位提坦巨神，其中，男性提坦克洛诺斯后来联合兄弟姐妹推翻父亲乌拉诺斯的统治，取而代之，成为第二代天神。乌拉诺斯是宙斯的父亲。从这些神话中可见，盖亚是整个古希腊神系的缔造者，虽然与盖亚相关的神话故事并不多，但是有一个细节十分重要，就是在每次天神更替的斗争中，盖亚都是新生代的支持者，她先是帮助克洛诺斯推翻父亲乌拉诺斯，后来又与瑞亚帮助宙斯兄妹们取得新的胜利。盖亚具有强大的力量和默默无闻、无私奉献的精神，象征着力量的源泉。在后世的文学作品中，也出现了不少盖亚式的女性形象，例如《百年孤独》中的老祖母乌尔苏拉。

在西方文学中，另一位家喻户晓的母亲形象是圣母玛利亚。在基督教中，玛利亚是童贞女，是受圣灵感应而怀孕，产下耶稣。耶稣被称作救世主或天主，玛利亚因为是天主的母亲，所以受到很高的礼遇，只在天主之下，高于其他一切神。圣母的画像在西方国家到处可见。文艺复兴时期的著名画家拉斐尔画了许多圣母像，其中《西斯廷圣母像》生动地表现了圣母的纯洁无瑕。圣母抱着圣子从云端降下，表情肃穆神圣。左边着金色教袍的长者是教皇西斯克特，他欢迎圣母的到来；右边女子是圣母的信徒渥娃拉，她低眉垂目作跪状，十分恭顺与虔诚。圣母高贵神圣，坚定庄重。云朵中还有两个长翅膀的小天使。整个画面弥漫着宗教气氛。

在拉斐尔的其他圣母像中，有些体现出圣母的鲜活与母爱。圣母如同一位丰满健壮的农家女，怀抱孩子坐在农场草地上休憩玩耍。这些作品淡化了宗教氛围，充满世俗气息。

关于耶稣是否真有其人，一直存在争议。《圣经》所载的耶稣出生在以色列的伯利恒，大约在他三十岁时开始传教，后来在罗马总督本丢·彼拉多执政期间被钉在十字架上而亡。如果这种记载

是真实的,那么耶稣实际上是一个真实的人,他的母亲也是一个正常的女性。所谓童贞女的传说,主要是基于后来宗教传播的需要。也因为宗教,圣母玛利亚成为一个神圣、纯洁的符号。

在外国文学作品众多的母亲形象中,有一位出身并不高贵,模样也不漂亮,性格也非完美,却是有血有肉、丰满鲜活的母亲,她就是高尔基小说《母亲》中的尼洛夫娜。小说《母亲》以普通工人巴威尔为主人公,将普通的无产阶级工人从逐步觉醒最后走向革命的历程真实地展现出来。小说在描述这一发展的过程中,也将巴威尔的母亲尼洛夫娜的变化生动真实地体现出来。

尼洛夫娜本来是个大字不识的家庭主妇,她根本不懂什么革命的道理。像许多下层女性一样,尼洛夫娜受到贫困的束缚,还要忍受丈夫的酒后殴打,面对所有的苦难,她只能抱怨、发发牢骚和默默地承受。当丈夫去世后,儿子进工厂成了一名工人。她不希望儿子像丈夫那样活一辈子,但是对于儿子与其他朋友秘密进行的工作,又本能地担心和害怕。后来在儿子的宣传和影响下,尼洛夫娜开始觉醒,认识到巴威尔从事的事业的正义性。受到巴威尔及其战友无私勇敢的影响,她由胆小、无知到觉醒、支持,由普通下层家庭妇女蜕变成一个革命的支持者、革命事业的参与者。当巴威尔被捕后，尼洛夫娜勇敢地走上大街，不惧特务的跟踪追查，替儿子发传单，投身于革命大潮之中。尼洛夫娜的性格是逐渐变化的：从一个无知的贫苦大众发展成自觉的革命者，由一个普通的家庭妇女逐渐转变成理解革命、支持革命的伟大女性，这一过程是真实可信的。高尔基以质朴的笔调塑造了一位成长变化的伟大母亲，在无产阶级文学中留下光辉的一笔，也为西方文学中的母亲形象增添了更多的色彩。

4.1.2 良妇形象

第二类理想女性形象是"良妇"，就是好妻子形象，普希金的叙事长诗《叶甫盖尼·奥涅金》中的达吉亚娜就是这样的典型。达吉亚娜是沙皇俄国封建农奴制度时期一个地主的女儿。彼得堡的贵族青年奥涅金因为厌烦了虚情假意、尔虞我诈的上流社会的日常生活，借处理财产一事来到乡下，结识了达吉亚娜。奥涅金外表俊美，见识广博，他很快博得了达吉亚娜的芳心。达吉亚娜忍不住写信给奥涅金，表达了自己的爱慕之情，但是奥涅金没有认真对待此事，反倒为了另外一个女孩与朋友反目，最后离开乡下，又回彼得堡去了。

达吉亚娜感情真实,质朴自然。当她爱上了奥涅金后,敢于主动表白,毫无做作之态。尽管遭到拒绝,她也并未怀恨在心或采取报复行为,这体现了她的善良、隐忍。后来她按照家里的安排嫁给一位年长的将军,成了一位贵妇人,来到彼得堡居住。在上流社会的社交舞会上,达吉亚娜又与奥涅金相遇。此时的奥涅金才发现自己的真爱是达吉亚娜,于是重新开始追求达吉亚娜。对此,达吉亚娜的回答是:"我爱您,何必对您说谎,但现在我已经嫁了别人;我将一辈子对他忠贞。"达吉亚娜真诚自然,她坦然面对自己的内心情感,但是她不愿与沙俄上流社会的虚伪妥协,宁愿牺牲情感和幸福,对家族、对婚姻、对丈夫保持忠诚。与当时沙俄许多上流社会贵族女性相比,她如同出淤泥而不染的莲花,体现出高贵纯洁的品质,成为文学作品中的良妇的典型。

4.1.3　梦中情人

在 18、19 世纪之前,西方文学史上鲜有女性作家的作品,流传下来的作品几乎都是男性作家所写,他们将自己最喜爱的美的女性呈现在作品中,这些女性或超凡美丽,或圣洁无瑕,或魅力无限……她们是众多男性梦中期待的完美女人,例如古希腊神话中的海伦,她美得令人惊叹,让无数希腊男人心驰神往,无条件地为之付出一切,即使为她进行十年的战争也心甘情愿。下面介绍的一位女性形象,是"中世纪最后一位诗人,同时又是新时期的第一位诗人"但丁的梦中情人——贝雅特丽齐。

1292—1293 年,但丁结集出版了诗集《新生》,诗歌表露的情感真挚热烈,爱恋绵长,风格清新自然,细腻婉转,被称作"温柔的新生体"。这本诗集收录了 31 首抒情诗,每首诗之间以优美的散文连缀,全部作品都是但丁写给他心中完美的女人贝雅特丽齐的。据说但丁年少时随父参加友人聚会,见到了少女贝雅特丽齐。初次相见,但丁就被女孩美丽优雅的气质所吸引,一见钟情。但是后来但丁并无多少机会与贝雅特丽齐交往。成年后,两人在路上偶遇,但丁心中受到巨大震撼,热切的情感一发不可收。他将这种情感全部化为诗作。据说,贝雅特丽齐后来遵从父命嫁给他人,不幸的是婚后不长时间她就因病而逝世。哀伤不已的但丁将多年来陆续写给贝雅特丽齐的诗歌精选了 31 首,编成诗集《新生》,意味着贝雅特丽齐虽然离开人间,但她化作天使,回到天堂,又一次获得了新生。在诗人的心目中,贝雅特丽齐美丽、善良、纯洁、高尚，一切都完美无瑕，她就是真理、美好、光明和解脱的化身，但丁不惜用一切热情洋溢的诗歌去赞美她。这场柏拉图式的精神恋爱，伴随了诗人的一生，是他终生情感的寄托，并在他的文学创作中留下了不可磨灭的烙印。在但丁的《神曲》"天堂篇"中，一群天使从天而降，为首的即是贝雅特丽齐，她责备但丁醒悟太晚，之后又带领但丁升入天堂游历。

这段爱情故事也成了绘画艺术喜欢表现的主题，例如，英国人哈里代就将但丁邂逅贝雅特丽齐时的情景生动地展现在画布上。

4.1.4　独立智者

尽管在很长时期女性都处于父权统治的社会中，被排除在政治生活领域之外，但是她们的聪明才智和独立精神并没有完全被消灭。文学作品中，鲍西娅、桃丽娜、简·爱、斯嘉丽等女性，她们坚韧、勇敢，敢于直面困难，善于用才智解决问题，掌控生活，这些女性形象如同暗夜中突破云彩遮蔽的点点星辰，在文学史上格外耀眼夺目。

在莎士比亚的戏剧中，女性一旦突破男权社会的种种限制，她们的聪明才智就会被激发出来，令人惊叹不已。《威尼斯商人》中的鲍西娅，在当

时的法律与习俗的规约下,她无法突破父权的禁
锢,不得不按父亲的遗嘱三匣选亲。剧中的鲍西
娅不由得发出慨叹:"我既不能选择我所中意的
人,又不能拒绝我所憎厌的人;一个活着的女儿的
意志,却要被一个死了的父亲的遗嘱所钳制。"
(《威尼斯商人》第一幕第二场)但是凭借自己的才
智,鲍西娅不仅为自己选择了如意郎君,还女扮男
装,冒充律师,为威尼斯的法官解决了"割一磅肉"
的困局。另外一位女性形象薇奥拉也以男性的身
份出现在戏剧中,展示她的才智。在喜剧《第十二
夜》中,薇奥拉遭遇海难,与同行的双胞胎哥哥失
散。为了生存她女扮男装,化名西萨里奥,成了奥
西诺公爵的侍童。公爵派她去向美丽的奥丽维娅
求婚,而奥丽维娅却爱上了年轻俊美的西萨里奥。
经过一系列的波折,薇奥拉与哥哥团聚,她恢复了
女儿身,不但赢得了奥西诺公爵的爱慕,还为哥哥
带来一桩美满的婚事(奥丽维娅嫁给了薇奥拉的
哥哥塞巴斯蒂安)。

在法国喜剧家莫里哀的笔下,《伪君子》中的
女仆桃丽娜也表现出下层女性的智慧。贵族奥尔
恭被伪君子达尔丢夫欺骗,他和他的母亲对达尔
丢夫表现的苦修深信不疑,要求家中的每个人都
要以达尔丢夫为榜样,甚至剥夺儿子的财产继承

权,将全部家当拱手让给达尔丢夫,还让女儿毁掉之前的婚约,嫁给达尔丢夫。奥尔恭的夫人、女儿、儿子等明知达尔丢夫是个骗子,却无力揭穿他,只有聪明勇敢的女仆桃丽娜想出了个好主意,她让女主人艾密尔约达尔丢夫前来谈话,请家长奥尔恭躲在桌子底下偷听。结果达尔丢夫不仅调戏女主人,为达到苟且的目的还摘掉虚伪的面具,露出了骗子的真面目。桃丽娜的机智勇敢促使奥尔恭从达尔丢夫的虚伪欺骗中解脱出来,最终逃过一劫。

伊丽莎白(《傲慢与偏见》)、简·爱(《简·爱》)、斯嘉丽(《飘》)等是进入 19 世纪后女性作家笔下的女性形象,她们更加体现出现代女性的独立、勇敢与才智。

16 岁的斯嘉丽(也译为郝思佳)是佐治亚州塔拉种植园主的女儿,年轻貌美,衣食无忧,她所爱的青年艾希礼娶了表姐梅兰妮,斯嘉丽赌气嫁给了梅兰妮的弟弟。很快南北战争爆发了,这彻底改变了斯嘉丽的生活轨迹。她两次成为寡妇,被迫自己在土地上劳作,后来虽然嫁给了商人瑞德,但斯嘉丽内心一直以为自己爱着艾希礼。直到梅兰妮因病去世,她再次审视艾希礼,却感到艾希礼十分陌生,最后丈夫瑞德失望地离开了她。

小说结束时,斯嘉丽想起父亲的话:"只有土地和明天同在。"她擦干眼泪,期待又一个新的明天的到来。

小说通过曲折的情节,展示了一个年轻幼稚的富家小姐在战争与困苦中成长的过程。生活教会了她果敢、坚强。战争爆发后,斯嘉丽独自撑起庄园,亲自下地采摘棉花,甚至在战火纷飞中,自己驾车送刚刚生产的梅兰妮和她的孩子到安全的地点。但是同时斯嘉丽任性、偏执,对爱情和婚姻缺少清醒的认识,有时为了生存也不择手段。她是不完美的,但是她的独立、坚强、勇敢、无畏的鲜明个性,依然打动了读者,给读者留下了深刻印象。

4.1.5 吉卜赛女郎

在西方文学的女性形象中,有一类女性形象虽数量不多,却仍给人留下深刻的印象,这类女性形象就是吉卜赛女郎。如雨果《巴黎圣母院》中的爱斯美拉达,梅里美笔下的卡门,普希金长诗《茨冈》中的真妃儿,等等。这类女性从外貌到性格并不符合欧洲传统的审美观,但是在这些东方的、异族的女性身上,她们的美丽、热情、真实、坦率、大胆、勇敢、崇尚自由等特点,受到人们的称赞。

雨果笔下的爱斯美拉达是完美的化身。她不仅容颜美丽，同时心地纯洁。她单纯、勇敢，虽然是四处流浪的卖艺人，但是富有同情心，随时会为需要帮助的人提供援助，比如她帮助误入"地下王国"的穷诗人甘果瓦摆脱困境，为受到鞭挞惩罚的卡西莫多送上甘甜的清水。她遭受副主教克洛德的迫害，但哪怕是再三面临死亡的威胁，她也绝不屈服，最终被黑暗的势力扼杀。爱斯美拉达是完美的化身，雨果通过这一形象，充分表达了对美丑的看法：丑就在美的旁边，畸形靠近优美，卑劣就藏在崇高的背后，恶与善并存，黑暗与光明相伴。

4.2　被侮辱与被损害的女性形象

在人类漫长的历史中，女性长期被禁锢于家庭这狭小的生活圈中，没有社会地位和活动空间。这种现象在古希腊文学中已现端倪：《奥德修纪》歌颂了帕涅洛佩对婚姻的忠贞，但是对婚姻中的另一方——男性却不存在这种要求；悲剧《美狄亚》中，曾经率领五十位勇士智取金羊毛的英雄伊阿宋，为了得到国王的权力和年轻的公主，竟然变成了古希腊的"陈世美"。女性不能从事社会工作，没有经济收入，受到歧视，在家庭中成为男性的附属品。她们一旦被逐出家庭，失去家庭和男性的庇护,那么结局更惨。作家用他们的笔触思考人类在追求公平、正义、平等的道路上女性所付出的代价,进而触及了那些被侮辱与被损害的女性的内心世界。

4.2.1 弃妇

弃妇是指被丈夫抛弃的女性。在人类历史发展相当长的时期内,女性在家从父,出嫁从夫,夫死从子,这不仅是中国封建社会女性的真实境遇,在西方许多国家封建社会时期的妇女也或多或少地存在这种情况。女子若被丈夫抛弃,往往无家可归,处境十分悲惨。例如古希腊悲剧作家欧里彼得斯笔下的美狄亚,其遭遇和中国的秦香莲相似。

伊阿宋是古希腊英雄传说中一个重要的人物,他曾带领五十名勇士,乘坐大船阿耳戈号前往遥远的科尔喀斯去取珍贵无比的金羊毛。虽然英雄们最终到达了目的地,但是金羊毛由毒龙看守,无法拿到。后来伊阿宋在美狄亚的帮助下才拿到了金羊毛,成就了英雄美名。美狄亚原本是伊阿宋智取金羊毛途中经过的一个岛国的公主,因爱慕伊阿宋,不惜背叛父亲和祖国,与伊阿宋私奔成亲。未曾料到,十年之后因伊阿宋要迎娶科任托

斯国年轻的公主，美狄亚面临被丈夫抛弃、被所居住的国家驱逐的境地。她悲痛地向众人诉说："在一切有理智、有灵性的生物当中，我们女人算是最不幸的。"她感慨地对大家说："女人到了年纪还不出嫁是不幸的；而要结婚，就得贴上重金购置嫁妆，结果却是为自己找了个主人；更糟的是，如果嫁个坏家伙更苦不堪言。因为离婚对于女人是不光彩的事，但我们又不能把坏丈夫轰出家门。这样，女人结婚后首先要学会的，是应该怎样驾驭丈夫。如果成功，那么生活便是可羡慕的，要不然，还不如死了的好。"美狄亚的不幸是众多女性生存状况的真实写照，反映出在古希腊时期，女性的不平等地位和受到歧视的状况已经形成。

美狄亚的话竟然一语成谶，此后漫长的时期里，世界各国以制度、法律、习俗的形式将女性物化，使其沦为男性的附属品，并可随意处置。即使是到了 19 世纪，在英国作家哈代的笔下，我们依然可以看到美狄亚的影子。

1891 年，哈代发表了小说《德伯家的苔丝》，副标题是"一个纯洁的女人"。在这部小说中，哈代为世俗偏见中不纯洁的女性进行了辩护。16岁的苔丝是一个小商贩家中的长女，因为贫穷，她不得已离家去富裕的德伯家攀亲戚，留在德伯家做女佣,结果她被德伯家的少爷亚雷诱奸。未婚先孕的苔丝离开德伯家回到自己家中,可是全村的人都对她指指点点,风言风语,家里人也觉得是她的错。可怜的苔丝生下孩子后自己为孩子洗礼,接着又承受了孩子夭折的打击。后来苔丝再次离开家,去了一家偏远的农场做挤奶女工。在这里她遇到了牧师的儿子克莱,并与之相爱。新婚之夜,正直善良的苔丝向克莱坦白了过去的不幸遭遇,不料克莱却不能接受她,两人分居,后来克莱不辞而别,去巴西淘金。被丈夫抛弃的苔丝坚强地面对艰难的生活,默默承受着生活的苦涩。可是不幸接踵而来,家中变故,父亲死了,母亲和几个妹妹的生活陷入绝境。这些迫使苔丝不得不向生活屈服,最终沦为亚雷的情妇。克莱在南美打拼了几年,一无所获,他想到苔丝的种种好处,又回国找到苔丝,可是苔丝已经无法回头。苔丝认为是亚雷断送了她的幸福,两人发生激烈的争执,激愤中苔丝杀死了亚雷,与克莱跑到森林深处躲藏,度过了五天她认为是一生中最幸福的时光,然后被捕,最终被判死刑。

苔丝的不幸,表面看来是遇人不淑,是坏人亚雷造成的,但其根本原因在于贫困和偏见。英国工业革命摧毁了传统的农业经济,使农民破产,到

处都是穷人。因为贫穷,苔丝只能年纪轻轻就离家去做女佣,补贴家用。单纯的苔丝没有任何社会经验,无法规避危险,保护自己,后来被诱奸。而对于她的经历,社会偏见又助纣为虐,富裕的亚雷丝毫不受影响,纯洁的苔丝却受到指责和排斥。克莱唤醒了她的爱情,让她对未来的幸福充满希望,努力追求。可是幸福如同泡沫,瞬间破灭,克莱嘴上说着一套进步的学说,内心依旧摆脱不了老套的世俗偏见,他自己婚前虽也有荒唐之举,但理所当然地认为苔丝会原谅他(确实苔丝是这样做的)。可一旦面对苔丝的遭遇,"平等"就不存在了。像所有认为被戴了绿帽子的男人一样,克莱觉得自己深受伤害,他不管苔丝的内心感受和实际生活,一走了之,逃得远远的。他的这种做法如同举起男权的大刀,在苔丝的旧伤上又刺了一下。而曾经诱奸苔丝的亚雷,摇身一变成了一名牧师,地位和金钱伴随其身,当苔丝一家穷困潦倒快要被饿死的时候,他又来充当拯救她们的圣人,继续占有苔丝。无论是亚雷还是克莱,他们都利用男权社会的制度便利,觊觎苔丝的美貌,占有苔丝的肉体,伤害苔丝的心灵。在资产阶级社会中因为制度的不合理,穷人被压迫、被剥削,而道德和世俗的偏见又让穷苦的女性受到更多一层的盘剥,社会不仅榨取她们的劳动价值,摧残她们的肉体和心灵,还要把不贞的污水泼在她们的身上。哈代笔下的苔丝,纯洁、善良、美丽、能干,但因为她是个女人,所以优点越多,她的"罪过"和苦难就越重。

4.2.2 妓女

妓女,是靠出卖肉体来换取生存的女性。从事这种职业的女性,其生命安全没有保障,人格尊严更是被无情践踏。作为一个人,一个鲜活的个体,她们有自己的喜怒哀乐。小仲马笔下的"茶花女"、左拉笔下的娜娜、托尔斯泰笔下的玛丝洛娃等,都生动真实地体现了不同时代、不同国家妓女这个阶层的生存状况。

在小仲马的《茶花女》中,女主人公玛格丽特是一位辗转于上流社会达官显贵之间的交际花,后来与贵族青年阿尔芒相爱,决定弃旧图新,与阿尔芒结婚,离开风月场所,重新开始美好的人生。但是阿尔芒的父亲请求她离开阿尔芒,因为玛格丽特妓女的身份会令阿尔芒一家蒙羞,毁掉阿尔芒的前途和阿尔芒妹妹的婚姻和幸福。面对老人的苦苦请求,玛格丽特痛苦地答应了,并对阿尔芒隐瞒了这些情况。阿尔芒不了解背后的真实原

因，只是看到玛格丽特重新回到上流社会，过上花天酒地与男人调情的生活，他悲愤地羞辱了玛格丽特，使她的内心雪上加霜。已经身染肺病的玛格丽特迅速地虚弱衰老，不久就一命呜呼。当阿尔芒发现实情时，悲剧已经无法挽回，只能在玛格丽特的墓前徒留一声悲叹。在小说中，玛格丽特表面风光，实则是男性的玩物，为生存不得不出卖色相和肉体，身心受到巨大的伤害。她渴望真挚的情感，渴望得到人格上的尊重，渴望获得正常女性的婚姻家庭生活，但是现实的制度和世俗的偏见摧毁了她的渴望，爱情对她来说是比钱更奢侈的东西，只有死亡才能带给她平静和安宁。

《复活》中的妓女玛丝洛娃，是一个"弃妇＋妓女"的典型——她先是被男人抛弃，后来又沦为妓女。贵族聂赫留得夫年轻时在军队服役，其间去姑妈家度假，结识了姑妈的养女喀秋莎。美丽纯洁的女孩引发了聂赫留得夫的爱慕之情，二人有了肌肤之亲。假期结束后，聂赫留得夫就心安理得地回部队去了，喀秋莎却因怀孕被聂赫留得夫的姑妈赶出家门，沦落街头，孩子也没能存活下来。喀秋莎为了生存做过女工，后来沦为妓女。几年后，聂赫留得夫在出席一起杀人案件的庭审时，再次遇到了曾经的喀秋莎——现在的玛丝洛娃。此时的玛丝洛娃早已不是清纯可爱的农家女孩,而是一个被告:法官声称她杀死了一个嫖客,并拿走了嫖客贵重的物品。尽管在法庭上玛丝洛娃再三声明她没有杀人越货,但是法官还是判定她有罪,并将其流放到西伯利亚。良心未泯的聂赫留得夫希望能替玛丝洛娃洗清罪名,以对他之前的行为有所补偿。在为玛丝洛娃奔走的日子中,聂赫留得夫才发现,沙皇统治下的俄国,各级官僚无不腐化堕落,根本不关心一个妓女的死活。监狱中关押着无数的穷苦百姓,他们一个个挣扎在死亡线上,不仅受到沙俄贵族阶级的欺压,而且受到与贵族同流合污的官办教会的欺骗。他们散布原罪论,出售免罪符,让这些受苦受难的底层人民精神上被麻痹,经济上受盘剥。

妓女的生存状态是女性遭受不公平待遇的一个缩影。文学作品中的妓女,尽管她们被剥削、被蹂躏、被践踏,挣扎在死亡线上,但是内心依然渴望好好地活下去,像"人"一样有尊严地活下去。小说开篇时,多年的妓女生活已经让玛丝洛娃麻木堕落,对于到狱中看望她的聂赫留得夫,她像对待那些有钱的嫖客一样,借机与之调情,换取一点好处。而当聂赫留得夫几次前来探望,并表示要搭救她出狱时,玛丝洛娃根本不相信,她激愤地

说："你们这些贵族老爷,活着拿我们寻开心,死后还要借我们上天堂。"监狱生活让玛丝洛娃看到受难者并非她一人,政治犯人的言谈让她认清了自己苦难的根源,唤起她反抗的意识。被无情流放到西伯利亚的玛丝洛娃,戒掉抽烟喝酒的坏习惯,也原谅了真心悔过并努力补偿的聂赫留得夫。最终玛丝洛娃与政治犯西蒙结合,开始了全新的生活。聂赫留得夫也放弃了贵族生活,成了一个虔诚的传教士,两人的灵魂都得到净化与拯救,复活了。

4.2.3　黑人女奴

在被损害、被侮辱的女性形象中,有一类命运最为悲惨,那就是黑人女奴。

15 世纪末 16 世纪初,欧洲开始了大航海时代,同时也拉开了殖民扩张的大幕。美洲新大陆被发现后,许多欧洲冒险家移民至此,开疆拓土,建立自己的家园。美国的南方种植园经济需要大量劳动力,这催生了一项罪恶的生意——买卖黑人奴隶。大量非洲的黑人或被骗或被强行带离故土,远渡重洋来到美国,成为种植园主的私有财产。他们没有人身自由,随时可能被买卖。为了获得更大的利润,种植园主把黑人奴隶当作会说话的牲口,任意指使,随意买卖。美国的蓄奴制度长达 200 年(从 1661 年美国的弗吉尼亚州法律认定黑人是奴隶,至 1861 年美国爆发南北战争),有 6000 万黑人奴隶死于这种制度的压迫和剥削。《汤姆叔叔的小屋》《为奴十二年》这些作品真实再现了这一段历史。而黑人女性不仅受到白人的剥削,还会受到黑人男性的欺侮,是奴隶中的奴隶,深受种族与性别双重迫害。

黑人女奴受到的残酷剥削罄竹难书,有些情况骇人听闻。莫里森曾在兰登书屋任高级编辑,由她主编出版的《黑人之书》记载了美国黑人 300 年的历史,其中真实记录了黑人奴隶遭受的种种非人剥削和压迫。有一则记录给莫里森留下了不可磨灭的印记:一个名叫玛格丽特·加纳的女奴和她的丈夫带着四个孩子从肯塔基州逃到俄亥俄州的辛辛那提市。后来奴隶主带人赶来追捕他们。玛格丽特看到一家人自由的希望破灭了,便抓起一把斧子砍断了她小女儿的喉咙。接着她企图杀死其余的几个孩子,然后自杀,但没有成功。她的婆婆是个牧师,当时在一旁观望,没有鼓励,也没有阻止。玛格丽特随即被捕。后来法官以"偷窃财产罪"将她判决,押送回原种植园。在法庭审理时,玛格丽特·加纳显得十分冷静和清醒,

她声称知道自己做了什么，也并不后悔。莫里森认为玛格丽特有足够的智力、残忍及甘冒任何危险的勇气去争取她所渴望的自由，"这是很崇高的"。作为一名黑人女作家，莫里森充分理解这一行为，并将她的感受与理解写到了小说《宠儿》中。

小说《宠儿》中的黑人塞丝是一个被解放了的女奴，她是成千上万的黑人女奴的缩影。塞丝的母亲就是一个女奴，所以塞丝从出生就注定了她的身份是奴隶。作为奴隶的塞丝从小被剥夺了母爱（因为她的妈妈也是奴隶，根本没有能力保护她），长大后被卖到"甜蜜之家"，主人给她最大的恩赐是准许她在四个男性奴隶中自己挑选个"丈夫"。主人病死了，外号"校长"的新主人带着自己的两个儿子掌管了庄园，塞丝和其他奴隶的生活陷入了地狱。当"校长"的两个儿子玷污塞丝的身体时，校长却在一旁做记录，因为这是科学实验；他们鞭打塞丝（塞丝后背的伤疤如同一棵苦樱桃树，终生伴随着她），还吸走塞丝养育女儿的母乳……塞丝的肉体和灵魂几乎被摧毁。凭着对自由的无限渴望，塞丝拖着身怀六甲、遍体鳞伤的身体，冒着极大的危险逃跑。在逃跑途中她生下了小女儿丹芙，后来她终于找到事先已经被别人带走的两个儿子和一个女儿。在度过一段与亲人、孩子团聚并且自由的生活后,奴隶主追捕而至,自由瞬间被再次剥夺。难道她还要回到以往地狱般的生活中去吗?她的孩子们还要重复她所经历的苦难吗?塞丝无力决定自己的命运,也无力保护自己的孩子,为了不让他们经历自己这样的非人生活,她选择杀死孩子,以阻止奴隶主对他们的奴役。结果塞丝的大女儿当场被割断喉咙,塞丝自己也受了伤。塞丝以这种惨烈的举动反抗残酷的奴隶制度,追捕者觉得她已经变成了疯子,没有什么利用价值了,只能自认倒霉,放弃了对塞丝的抓捕。9 年之后,美国的南北战争结束,南方的蓄奴制度被废除。这当然是无数黑奴的福音,但是对于塞丝来说,女儿的死使这一福音变得枉然——如果她的女儿还活着,这时就能被解放了,不用再遭受奴役,但是时光不能倒流,历史无法假设,而女儿的死又是她亲手造成的,这成为塞丝内心无法跨过的坎,永远难解的结。

在小说的开篇,塞丝与小女儿丹芙及被杀死的女儿"宠儿"的亡灵住在蓝石路 124 号,过着与世隔绝的生活。宠儿无论是亡灵还是后来出现的女孩,实际上都代表了塞丝对自己杀死女儿的内疚和无法表达的思念。莫里森在这部作品中,不仅真实再现了在那段黑暗历史中黑人凄惨的生

活,更重要的是让我们深入灵魂去体会黑人奴隶的苦涩。她以塞丝的境遇向世人表明,并不是法律上宣布解放,就可以将黑人女奴曾经遭受的苦难一笔抹去——她们内心无法言说的痛楚将伴随一生。而美国现实中对黑人女性的误解、偏见和歧视,等于是在她们的伤口上撒盐,是换了一种形式对黑人女性进行奴役与伤害。

莫里森以多种现代叙事手法,塑造了一位为争取自由而不顾一切的黑人女性形象,如果暴动、逃跑都不能得到自由,那么杀婴和自戕就是最后决不屈服的表达。这是勇敢的、正义的、无所畏惧的,又是走投无路、无可奈何的。如果曾经惨痛的经历不能得到人们的正确理解,不能得到包容,那么这些可怜的人只能继续承受苦难。只有充分得到理解和包容,她们才有勇气走出心灵的困境,实现自我救赎,获得真正的解放。

文学作品中这些被污辱与被迫害的女性形象,让人们看到制度的残酷、法律的不公、道德的偏见,认识到现实中男女不平等的社会状况。实现人人平等,至今仍然是人类追求的一个目标,如果不能男女平等,人人平等就是空谈。这些曾经惨痛的经历,在今天也并非只留在历史或文学作品中:比如沙特这个富庶的国家,2017 年女性才开始有选举权,并且仍要与男性分开投票;世界上至今还有抢夺少女并将其卖为性奴这样的事件发生;世界许多地区,依旧存在着女孩被剥夺受教育权利的现象……当我们阅读文学作品时,我们不仅要记住过往,还要面对现实,追问一句"怎么办?"。

4.3 女性形象的文化内涵

文学作品中的女性形象透露出人类历史进程中女性生活的真实情况,蕴含着深厚的文化内涵。

第一,男性视角下的女性文学形象内涵。文学中女性形象大多出自男性作家之手,是从男性的视角来表达所谓她们所代表的好与坏。前文所提到的"理想女性",她们为人称颂的美德是纯洁、美丽、隐忍、牺牲、无私、奉献……于是我们发现一个问题:在男权社会中,如果女性拥有这些美德,便是天使、圣母、梦中情人,但女性一旦不愿以牺牲自己的幸福换取社会舆论的认可,则立即会被唾弃痛骂,由天使变成魔鬼;而这种情况发生在同样不完美的男性身上时,作品对他们的过错和罪行往往轻描淡写,宽容大度。随着社会的进步,女权运动的开展,越来越多的女性作家出现了,以男

性视角为中心的现象在当代文学中已有很大改观。同时也有许多具有进步思想的男性作家,他们以人人平等为目标,从人道主义的理想出发,控诉社会对女性的不公待遇,为她们的反抗行为呐喊,比如前文提到的哈代、托尔斯泰等作家,他们超越了狭隘的男权思想,为男女平等和人类的文明与进步做出了贡献。

第二,女性形象所揭示的社会制度与时代意义。在讨论女性形象的文化内涵时,要注意她们所处的时代和社会制度是不同的。例如美狄亚与塞丝,同是"杀婴的母亲"形象,作品中两人以极端的行为控诉了制度的不合理、社会的不公平。美狄亚是公元5世纪古希腊悲剧中的女性,塞丝是19世纪美国蓄奴制度下的黑人女奴,前者表达的是在古希腊私有制度形成时期女性社会地位逐步下降的社会现实,是对已经形成的男女不平等现象的控诉。而塞丝杀婴则将批判的矛头指向美国蓄奴制和种族歧视。

第三,女性的反抗精神。女性是天使也是魔鬼,她们温柔善良也善变寡情,她们纯洁无瑕也放纵欲望,她们高贵无私也愚蠢无知……到底是前者还是后者,完全取决于作家的喜好。虽然有些男性作家能尽量公正地评判女性,客观地塑造女性形象,例如在《苔丝》中,哈代为作品名字加了一个副标题"一个纯洁的女人",以此表达自己对笔下的苔丝深切的同情和客观的态度。但是在男权社会,男权意识的广泛存在,让女性被歧视、被损害的现象随处可见。哪里有压迫,哪里就有反抗。这些女性以各种方式反抗:美狄亚与塞丝杀婴,苔丝杀人,安娜要求离婚……虽然这些反抗招致了男权社会更大的报复,让女性付出更惨痛的代价,但是这种不甘受欺侮、不顾一切的反抗精神值得称赞。她们代表无数女性表明:女性既不是天使,也不是魔鬼,是同男性一样有血有肉、有情有义的人。女性的反抗既是基于人性与母性的本能,同时也为人类文明的发展进步做出了贡献。在人类文明进程中,人人平等是其重要的内容和特征,而男女平等是实现人人平等的重要基础:要实现人人平等,就不应该存在男女的不平等。

4.4 简·爱:新女性的一束光芒

17 世纪英国开始资本原始积累,随之拉开了第一次工业革命的序幕,国力增长,出现了中产阶级。在 18 世纪最后的 25 年中,出现了大量女性小说家和女性读者,这一现象与中产阶级的增长

和中产阶级妇女的闲逸生活有关。这个阶级的女性发挥才能的机会很少,当时英国社会提供给女性的工作机会是用人、家庭教师、护士、纺织工人等,中产阶级的女性不可能从事这些工作,她们除了结婚,几乎没有别的出路。当时小说这种文体刚刚兴起,还不怎么受到文学圈的重视,写小说好像是文学家的副业,人们普遍认为小说只适合妇女和小商人阅读。18 世纪在英国流行的哥特式小说和感伤小说,许多评论对此都不屑一顾。于是,女性涉足这一领域并未受到男性的排斥,这为那些充满奇思异想,不安"本分"又富有才情的女性留出了创作的空间。如拉德克力芙太太的哥特式小说《渥尔多弗的秘密》(1794),范尼·伯妮的感伤主义小说《埃维莉娜》(1778),都得到了广泛的传播。在这些女作家的笔下,女性的生活是她们的主题,她们通过小说表达了妇女权利。现代学者马文·马德里克在题为《作为辩护和暴露手段的讽刺》的论文里认为:"18 世纪后期的中产阶级妇女完全有理由接受并赞美(感情和炽热爱情)这些价值。她们生活在一个充满占有和控制的社会里,没有机会表达自己的政治和经济见解,没有权势,但是通过灵活运用求婚和结婚,通过阅读和写作小说对这种灵活性加以利用,她们可能得到这些东西,而且几乎可以万无一失地对以求婚和结婚为中心的,使她们感到自己也有了占有权和控制权的唯一价值进行仔细观察、要求承认和表示崇拜……"(鲁宾斯坦著,《从莎士比亚到奥斯丁》,上海译文出版社 1987 年版)。

到了 19 世纪,工业革命使得英国的国家体制、社会制度与生活秩序发生了巨大的变化。女性逐渐走出家庭,进入社会化大生产中。为了生存,女性充当仆人、保姆、护士、纺织工、家庭教师……虽然这些职业社会地位卑微,收入也很微薄,但是让女性有了经济来源,开始探索自己养活自己的道路。当经济自主成为可能,女性对自己命运前途的思考自然发生了质的变化。这些在文学中迅速而鲜明地得到体现。英国在 19 世纪不仅出现了一大批女性作家,同时在这些女作家的笔下,女性形象也悄然发生着变化。有些女性形象表现了女性突破社会习俗,不再为取悦男人而存在,她们勇敢地发出"做自己"的声音。

4.4.1 《简·爱》的诞生

19 世纪的英国涌现出一大批女性小说家:奥斯丁、勃朗特三姐妹、盖斯凯尔夫人、乔治·爱略

特等。在 1847 年,有三部作者署名姓氏皆为贝尔的小说分别发表,引起了文坛的轰动,它们是柯勒·贝尔的《简·爱》,埃利斯·贝尔的《呼啸山庄》和阿克顿·贝尔的《艾格尼斯·格雷》。作者那中性化的名字使读者并未意识到"他们"居然是三位女性——夏洛蒂·勃朗特、艾米莉·勃朗特和安妮·勃朗特。

三部小说的问世轰动了文坛,实际上在出版的过程中还出现过一个不小的波折。据说夏洛蒂花了将近一年时间,写成了一部长篇小说《教师》;她将此部作品与妹妹艾米莉的《呼啸山庄》和安妮的《艾格尼斯·格雷》一起寄给了出版商。不久,出版商回复她们说,《呼啸山庄》和《艾格尼斯·格雷》已被接受出版,但夏洛蒂的《教师》将被退回。这对夏洛蒂来说可是个不小的打击,但她没有气馁,马上投入另一部小说的写作中,这就是《简·爱》。《简·爱》写作进度很快,不到一年就完成了。当夏洛蒂再次寄给出版商稿子时,出版商大为惊喜,决定马上出版。两个月后,《简·爱》就问世了。

4.4.2　从灰姑娘到新女性

《简·爱》是一部具有自传性质的作品,夏洛蒂曾说:"我要塑造一个女主人公给你们看,她像我一样矮小难看,可是她会像你们的任何一个女主人公那样令人感兴趣。"作者塑造了一位与欧洲传统审美迥然不同的女性形象:在歌颂女性美丽、温柔、隐忍、牺牲的文化传统中,简是一个特立独行的新女性。她平民出身,长相普通,但是倔强坚强,决不轻易向命运低头,以自己的奋力抗争树立起"新女性"的模范。即便是 21 世纪的今天,夏洛蒂通过简表达出的女性的独立精神、平等意识和以爱情为基础的婚姻观,依然是被肯定的。

小说中的简是一个孤儿,原本被舅舅收养,不幸的是舅舅也去世了。10 岁的简受到舅妈的嫌弃和表哥的欺负,连家中的仆人也对她冷眼相待。最后舅妈将她送到条件恶劣的洛伍德女子寄宿学校。简在洛伍德学校受到严厉苛刻的对待。六年后,简该毕业了,她无处可去,就留在学校当了两年的教师。简偷偷地在报纸上刊登求职启事,竟然得到回信,于是她毅然辞去洛伍德的教职,到一所名为桑菲尔德的庄园去给一个小女孩当家庭老师。简在这里结识了庄园主人罗切斯特公爵,并且爱上了他。当简听说罗切斯特要与一位贵族小姐结婚时,简主动向罗切斯特辞职。而罗切斯特却表明,他要娶的是简,因为简与众不同。简向往

幸福的生活，可是与罗切斯特在教堂举行的婚姻缔结仪式突然被打断：有人举证说罗切斯特早已结过婚了。罗切斯特的真实境况展露出来，原来15年前，他已经娶妻，现在他的妻子精神失常，被关在桑菲尔德庄园的阁楼上。罗切斯特表示他只爱简，请求简留下和他一同生活，但是简拒绝了，并连夜逃出了庄园。简四处游荡，没有钱，又生了病，昏倒在一间小屋门口。传教士圣约翰搭救了简，后来又帮助简找到工作，简合法继承了叔叔的遗产。摆脱贫困的简答应与圣约翰一同去印度传教，但是她并不想与圣约翰结婚，因为两人之间没有爱情。简无法忘记罗切斯特，决定重返庄园，与过去做个了断。但是当她重回庄园时，发现那里一片破败。原来罗切斯特的疯妻子一把火烧毁了庄园，并与之同归于尽，罗切斯特也因受伤行走不便，眼睛几乎看不见了。面对此情此景，简选择留下来与罗切斯特共度余生。

简的故事表面上看似乎是对"灰姑娘"童话的仿写：女主人公从小丧亲，受到女性长辈虐待，受到同辈人欺负，命运有转机后原谅了虐待她的人，最终与"王子"一起幸福地生活在一起。但实际上小说对"灰姑娘"童话进行了彻底的颠覆：灰姑娘美貌，简长相平常；灰姑娘逆来顺受，简却很倔强；灰姑娘被王子所救，而简救了庄园主罗切斯特公爵；不是因为灰姑娘遇到王子而过上幸福生活，而是简选择留下来照顾落魄困顿的罗切斯特，并过上了幸福生活。这种颠覆使得人们重新开始审视女性，发觉女性已经悄然发生变化，她们不愿再做男人想象和期望的女性，不愿任由男人们说女人应该怎样和不该怎样，而是要自己言说，告知世人女人的内心想法，自主地决定自己的命运和生活。

　　小说中的简是平凡的，又是伟大的。她虽然身材矮小，却代表整个女性群体向男权发出了挑战。她将命运牢牢地把握在自己手中，不再听从男人的安排，无论是自己所爱的地位高贵的公爵大人，还是自己的救命恩人兼表哥家长，都不能左右她的命运，因为她是有理性的自由人。在理性的支配下，简思考该如何生存。从小的逆境生活造就了简坚强不屈的反抗个性，长大后她将倔强和叛逆化为勇气，带着对新生活的向往，勇敢地告别安定的、保障她生存的洛伍德学校，走向她几乎一无所知的新世界。当她爱上富有的罗切斯特公爵时，她也曾因为自己的贫苦和相貌平平而感到自卑："要是上帝赐予我一点美貌与足够的财富的话，我也会让你难以离开我，就像我现在难以离开你一样。"除了没有美貌与财富，世俗的偏见还让两人之间存在难以跨越的鸿沟，简却认为在灵魂上两人是平等的："就仿佛我们都已经离开了人世，两人一同站立在上帝的跟前，彼此平等——就像我们本来就是的那样！"因为追求平等，简两次主动离开桑菲尔德庄园，尽管这里和简之前的生活环境相比，仿佛是天堂。简热爱桑菲尔德庄园："我爱它，因为我在这儿过了一段愉快而充实的生活——至少过了短短一段时间。我没有遭践踏。我没有被吓呆。没有硬把我限制在头脑低下的人中间，排斥在与聪明、能干、高尚的心灵交往的一切机会之外。我能跟我敬重的人面对面地交谈，跟我所喜爱的——一个独特的、活跃、宽广的心灵交谈。我认识了你，罗切斯特先生，一旦感到我非得永远跟你生生拆开，真叫我感到既害怕，又痛苦。"但是简告诉罗切斯特，她不是一个无足轻重的、没有情感的机器，因为爱罗切斯特，所以不可能看着罗切斯特娶别的女人而无动于衷，所以她无法再待下去了。简的爱情宣言清晰地表达出女性的自主意志，她真诚地袒露心扉，表达了她对罗切斯特的爱意，这是女性的权利，没有什么可耻的。她也毫无保留地说出了她的痛苦，但是她不需要罗切斯特的同情和可怜："我是以一个有理性的自由人告诉你我主动离开桑菲尔德。"

当简得知罗切斯特已经结婚的真相,她第二次主动离开了桑菲尔德,这一次的离开让简的勇敢和反抗精神达到了最高点。当年不谙世事的她勇敢地离开洛伍德学校,起码还有一个遥远地方的家庭老师职位等待她,而今她失去爱情,失去依靠,也没有方向……简身无钱财,也没有要追求的目标,只能一个人漫无目的地游荡。这代价高昂不顾一切的逃离,只是为了维护平等和尊严。因为如果留下来,她所追求的以爱情为基础的婚姻已不复存在,她只能沦为罗切斯特的情妇,那么两人谈何平等? 如果没有平等,又谈何尊严? 简的离开不是因为害怕世俗对她的指责,而是因为她自己要尊重自己。

每个女性都要面对人生中的各种境况,其中爱情是一门必修课。追求爱情需要勇气,更需要理性。简·爱是一个足以在精神上与男性抗衡,甚至更为优越的有理性、有尊严的女人。简是文学史上第一个鲜明地表达以爱情为基础的婚姻观念的女性形象。她第一次要辞职离开时,因为罗切斯特的表白而留下——罗切斯特明确表示他爱简并要娶简为妻,这是简梦寐以求的。而当梦想破灭,简既不怨天尤人,也没有过多责备罗切斯

特。她对罗切斯特的解释和他过去的经历表现了最大的包容,同时她也决不妥协。她清醒地认识到生活并不是有了爱情就可以了,没有合法保障的爱情会导致两人地位的不平等,这就完全背离了她的初衷,所以她宁死不屈。

简后来拒绝圣约翰的求婚,也充分体现出她的理性和她对理想的坚守。在认真思考并做出尽量配合圣约翰的努力后,简认识到她和圣约翰之间没有爱情,只有亲情,这样的婚姻只会让她痛苦不堪,所以她勇敢地告诉圣约翰,她可以做圣约翰的助手,陪他完成传教的事业,但是保留自由的身份。简的决定表明她遵循理性思考,对于没有爱情的婚姻也不去将就,简既不是需要解救的灰姑娘,也不做为男人而牺牲自己的圣女。

对于小说的结尾,有评论说作家最终还是陷入男性思维的窠臼,选择了大团圆式的结局,但是不管怎样,这是简自愿的、主动的选择。简以实际行动表明,她所追求的婚姻,不是因为容貌,不是为了钱财,而是以爱情为基础的婚姻。

4.4.3 新女性之"新"

男权制文学传统为女性设定的形象是"天使"或是"魔鬼":那些被动的、顺从的、无私的、奉献的女性就是天使,而拒绝无私奉献、按照自己的意愿行动、拒绝男性传统为她们设定的顺从角色的女性就是魔鬼。简以特立独行的新女性形象横空出世,完全打破了这种女性形象的二元性。她既保留了女性的传统美德——善良、宽容、坚忍、无私,同时又鲜明地表明女性不是没有理性、没有思维的动物,简以坚强的意志和坚定的信念,追求男女平等,维护了女性尊严。

在小说中,简是一个孤苦伶仃、矮小瘦弱、相貌平平的女家庭老师,而我们看到,文学作品中不乏美丽的、高贵的女性,无论相貌还是家境都比简好得多,为什么她们没有成为女性主义的代言人?让我们看看与《简·爱》同一时期的一些作品,比如《傲慢与偏见》中,伊丽莎白冒着当老姑娘的危险,拒绝了柯林斯先生的求婚,也拒绝了达西的第一次求婚。作家通过这一情节鲜明地表达出:女性在婚姻中要考虑情感问题,而不只是遵循物质上的"门当户对"的观点,这种思想在当时无疑是巨大的进步。但是如果伊丽莎白真成了终身难嫁的老姑娘,她没有兄弟,父亲死后她家的财产将由柯林斯继承,那时伊丽莎白该怎样生活?好在这是小说,这一残酷的现实问题因达西的改变而消失,最终郎才女貌终成眷属。而《呼啸山庄》中的

女主人公就不那么幸运了。凯瑟琳性格狂野，虽然内心清楚她对希思克里夫的深厚炽热的情感，但是她选择嫁给林顿，导致了后来悲剧的发生。无论是伊丽莎白还是凯瑟琳，她们的相貌和家境都比简优越，但是她们都无法坚定地维护自己的尊严，握住命运的缰绳，掌控自己的生活。简做到了，因为简与她们的最大区别是经济独立。简做女教师的收入虽然微薄，但是能养活自己。因为不依靠别人，不依靠男人，所以她可以跟男人要求平等，也可以理直气壮地坚持自己的爱情标准，自主决定是接受男人还是拒绝男人。正是因为经济的独立，简走向了精神的独立，追求平等和维护尊严才有可能实现。

独立、自尊、坚守底线、追求以爱情为基础的婚姻，这些特质使简这一人物形象具有了永久的魅力。简善于思考，始终捍卫人格的独立，敢于表达自己的爱憎，即使九死一生也不放弃底线。她的勇气值得称赞，她的执着令人钦佩，即使是在百年之后的今天，简依旧是当代女性学习的楷模。

5 吝啬鬼:人性的小弱点与
社会的大问题

在本书的这一部分,我们来了解西方文学的四大吝啬鬼形象。与前一部分相比,这部分内容集中,涉及的人物形象数量不多。西方文学中有公认的四大吝啬鬼——夏洛克、阿巴贡、葛朗台、泼留希金,本节就以这四个形象为分析对象。

吝啬,就是指过分爱惜自己的财物,当用而不用,俗称"小气"。请注意"当用不用",相对于日常做法,人们认定是否"当用"的标准是不同的。有的人喜欢穿着打扮,所以会在衣着方面花钱大方,但是可能在吃的或其他方面会很在意钱的支出;有的可能恰恰相反,热衷美食而衣着简单朴素。所以,不能单方面地以钱的支出多少来判定某人是大方还是吝啬。再有,如果人们认为有些是"当省则省"的,则被称作"节俭",所以有的时候在他人看来是吝啬的行为,也许本人认为是节俭。

其实吝啬是人的性格中一点小缺陷，大多情况下不影响人的正常生活和交际。而下面我们要分析的西方文学作品中的这四个人物，他们是极端的例子，我们称之为"吝啬鬼"，是因为他们对金钱的爱超过一切，他们用各种方式和手段去谋取财物，却舍不得花钱，东西也舍不得用，只是把它们都保存起来，为己所有，这就是"守财奴"。这种行为已经影响到他们的日常生活，他们没有朋友，也没有夫妻、父子亲情，已被异化为非人。吝啬鬼形象虽然批判的是人性的弱点，但是揭示出时代的特征，人性的不足和人的异化融合在一起，使得吝啬鬼形象复杂而深刻。

5.1　吝啬鬼的共性

在西方文学的四个吝啬鬼形象中，第一个是1596 年上演的英国戏剧家莎士比亚的喜剧《威尼斯商人》中一个放高利贷的犹太商人夏洛克，第二个是 1668 年法国剧作家莫里哀的作品《吝啬鬼》（也译为《悭吝人》）中的封建贵族家长阿巴贡，第三个是 19 世纪法国现实主义小说家巴尔扎克1833 年发表的小说《欧也妮·葛朗台》中欧也妮的父亲老葛朗台，第四个是俄国作家果戈理 1842 年发表的长篇小说《死魂灵》中一个富有但极其吝啬的地主泼留希金。

下面我们来看一下为什么将这四个人物形象并称为"四大吝啬鬼"。

5.1.1　夏洛克

在莎士比亚的喜剧《威尼斯商人》中,人们提到夏洛克时,经常称他为放高利贷的吝啬鬼。如果细读剧本就会发现,在整部剧中,表现夏洛克吝啬的细节并不多,明显地表现出夏洛克吝啬、苛刻的有两处:一处是他家里的仆人朗斯洛特"跑路",另一处是夏洛克的女儿杰西卡与他人私奔。

因为夏洛克为人苛刻,朗斯洛特在夏洛克家做仆人,身体消瘦得像一根棍子,他的父亲在街上遇到他都没有认出自己的儿子。朗斯洛特后来放弃给夏洛克做仆人,跑到巴萨尼奥那里当了跟班。对于他的背叛,夏洛克的女儿杰西卡虽然不高兴却也表示理解:

> 你(朗斯洛特)这样离开我的父亲,使我很不高兴;我们这个家是一座地狱,幸亏有你这淘气的小鬼,多少解除了几分闷气……再见,好朗斯洛特。(朗斯洛特下)唉,我真是罪恶深重,竟会羞于做我

父亲的孩子！可是虽然我在血统上是他的女儿，在行为上却不是他的女儿。

（《威尼斯商人》第二幕第三场）

夏洛克得知此事的看法是：

这蠢才人倒还好，就是食量太大；做起事来，慢腾腾的像只蜗牛一般；白天睡觉的本领，比野猫还胜过几分；我家里可容不得懒惰的黄蜂，所以才打发他走了，让他去跟着那个靠借债过日子的败家精，正好帮他消费。

（《威尼斯商人》第二幕第五场）

父女两个人态度的反差，更衬托出夏洛克为人的苛刻。

第二个充分表现出夏洛克吝啬的事情是他的女儿杰西卡与罗兰佐私奔。夏洛克的妻子已经过世了，女儿杰西卡是唯一与他相依为命共同生活的人（本来家中还有一个仆人，后来被饿跑了）。夏洛克对女儿管教严格，不让她出门。当杰西卡与罗兰佐私奔之后，夏洛克为此十分难过，好像疯了一样。

萨莱尼奥：那犹太狗像发疯似的，样子都变了，在街上一路乱叫乱跳乱喊，"我的女儿！啊，我的银钱！啊，我的女儿！跟一个基督徒逃走啦！啊，我的银钱！公道啊！法律啊！我的银钱，我的女儿！一袋封好的、两袋封好的银钱，给我的女儿偷去了！还有珠宝！两颗宝石，两颗珍贵的宝石，都给我的女儿偷去了！公道啊！把那女孩子找出来！她身边带着宝石，还有银钱。"

（《威尼斯商人》第二幕第八场）

夏洛克：哎呀，糟糕！糟糕！糟糕！我在法兰克福出两千块钱买来的那颗金刚钻也丢啦！诅咒到现在才降落到咱们民族头上；我到现在才觉得它的厉害。那一颗金刚钻就是两千块钱，还有别的贵重的珠宝。我希望我的女儿死在我的脚下，那些珠宝都挂在她的耳朵上；我希望她就在我的脚下入土安葬，那些银钱都放在她的棺材里！不知道他们的下落吗？哼，我不知道为了寻访他们，又花去了多少钱。你这你这——损失上再加损

失!贼子偷了这么多走了,还要花这么多
去寻访贼子,结果仍旧是一无所得,出不
了这一口怨气。只有我一个人倒霉,只有
我一个人叹气,只有我一个人流眼泪!

　　　　(《威尼斯商人》第三幕第一场)

　　这些台词充分展示出夏洛克锱铢必较、唯利
是图的本性,丢了女儿并不重要,他眼中只有钱。

5.1.2　阿巴贡

　　阿巴贡是莫里哀的五幕喜剧《吝啬鬼》中的主
人公,他是一个已经六十岁的鳏夫,对于他来讲,
人生所有事情都是买卖,他必须从中最大限度地
赚钱,一旦有损失,哪怕是一点点损失,都跟要了
他的命一样。家里凡是有东西的地方他都上锁,
白天黑夜地看着,最高明的小偷也别想得逞。他
还把积蓄都换成金币,锁在一个结实的箱子里,埋
在花园中,不时去察看一下。毫无例外,婚姻对他
来说也是一桩桩交易,他安排儿子去娶一个有钱
的寡妇;让女儿嫁给一个年近五十的老头,这老头
不仅富有,而且还不要嫁妆。这些在阿巴贡看来
是特别划算的买卖。他自己看上了一个年轻的姑
娘,托媒人去打听姑娘愿不愿意,还要求姑娘必须

得有嫁妆才行。不料儿子爱上了他看上的女孩玛丽雅娜,女儿与管家瓦赖尔相爱并私订终身,背着父亲偷偷地在婚约上签了字,父子、父女之间的矛盾激化成为推动情节发展的戏剧冲突。

莫里哀笔下的人物多是平面的,人物形象特征鲜明,给人留下极为深刻的印象。在《吝啬鬼》一剧中,几乎所有情节都指向阿巴贡的吝啬。作为阿巴贡的一双儿女——克莱昂特和艾莉丝,也同杰西卡对夏洛克一样,对自己的父亲的吝啬有着切身体验和深刻的认识。

> 克莱昂特:啊!妹妹,你根本想象不出我目前痛苦的程度。因为说穿了就是一句话,都是他一个人,要我们省吃俭用,使得我们拮据得不能高昂着头,谁还会如此铁石心肠?在人生之青春时光没钱可供支配,而到了人生之衰老时刻却腰缠万贯,到时对我们还有多大的意义呢?更为可气的是,我为了应付日常开支而被迫四处借债;我和你一样,为了使自己穿得体面一点而不得不向买卖人求援;腰缠万贯对我们而言还有多大的意义呢?说来说去,我找你商谈的目的无

非是想让你替我先探一探爸爸对我这件
事的口风。倘若他反对我的想法，我就
下定决心以四海为家，和这位女子私奔。
如今我正在为这个计划的正常执行而四
处筹集资金呢。妹妹，要是你刚才想跟
我说的烦恼与我的类似，既然爸爸成心
与我们的意愿背道而驰，我们何不离他
而去，省得再受他那没完没了小气的做
法，他把我们压抑得够长的了，何不借此
逃脱他的摆布呢？

（《吝啬鬼》第一幕第二场）

仆人们也都私下拿阿巴贡的吝啬作为谈资：

阿箭（阿巴贡的儿子克莱昂特的仆
人）：得了吧。难道你还不了解阿巴贡这
样的人的所作所为？依我看，阿巴贡先
生是人类中最无感情、最心狠手辣、最为
抠门的人。你想以自己帮他一点小忙就
想让他对你感激得掏钱给你，无非是在
白日做梦。也许你能从他那儿得到奉
承、得到尊重、得到人情、得到友情；但
是，要想从他那儿得到钱财，那就来世再

取吧。这世上就数他的好心好意、殷勤盛情是最枯燥无味的,你别想从他那儿得到任何好处! 你知道吗,他最忌讳的是"给"这个字。对他而言,说:"我给你日安"是绝无可能的,而说:"我借你日安"却是极其常见的……你对他会感到束手无策。对他而言,钱比声望、荣誉和良心要重十倍或者更多。要是他见到有人向他伸出手来,他就会像击中他的要害、穿透他的心脏、掏取他的五脏那样全身痉挛。

(《吝啬鬼》第二幕第四场)

剧中厨子雅克师傅对阿巴贡所说的仆人对他的一段评价,充分暴露了阿巴贡的吝啬。

雅克师傅:老爷,您要是偏听不可,我就对您实话实说吧。这周围的人没有一个人说您好话的,而且一旦人家开口提起您就是铺天盖地的酸话,他们还时时刻刻地以您吝啬这一点作为笑料讲给人听,以此嘲笑您。我听人说:您为了让自己家里上上下下的人少吃一点粮食竟

在自己专门印制的历书中把一年四季的
斋日和举行圣典之前吃斋的日子加了
倍。我听人说：您为了借故不给下人一
些东西，竟然凡逢过节或下人们休息之
时专挑他们的刺儿。我还听人说：您竟
然因为街坊家的猫偷吃了您还未吃完的
一块羊腿而上告猫的不是。我又听人
讲：某一天晚上，您为了让马少吃些料竟
然深夜到马棚去偷荞麦，结果被在我以
前的那个车夫痛打了一顿，而您却是黑
夜里只得自认倒霉，自讨苦吃。总而言
之，您还想听听人家怎样评论您吗？只
要你到处走走，任何角落都行，总会有那
么一批人在攻击您，以您的所作所为作
为笑料相互分享。他们凡是谈起您，总
是以吝啬鬼、钱串子、财迷、放高利贷的
称呼作为您的代名字。

（《吝啬鬼》第三幕第一场）

阿巴贡本人毫不掩饰他的吝啬。他安排女儿
嫁给一个年近五十的富有男人，理由是这个男人
不要陪嫁。而他自己想娶一个年轻的姑娘做续
弦，但是他明确对媒人说，要跟姑娘的母亲说清

楚:她女儿出嫁是要有陪嫁的,做母亲的是要出点血的。他请客吃饭和相亲时的表现,处处显示出他的吝啬。最为精彩的是,当他的钱箱子被盗时,他一下子像疯了一样:

> 阿巴贡:(他急匆匆地从屋里跑出来,来不及戴帽子,一个劲儿地在花园里叫嚷着抓小偷。)抓小偷!抓小偷!抓凶手!抓杀人犯!天啊,这还有没有王法,这苍天还有没有眼啊!我这辈子可就随之完蛋了,被人暗地里偷走了我的钱,这简直是把刀往我脖子上搁呀。这小偷是谁呢?目前他去了哪儿?人又在哪儿?他会躲在什么地方?我又该如何才能把他抓回呢?他朝哪个方向跑?他不朝哪个方向跑?他不是在那儿?他不是在这儿?这是谁呢?站住。你这死鬼,把钱还我……(他抓住的是自己的胳膊。)啊!原来是我自己。天哪!我这是怎么了?我现在在哪儿?我是谁?我在这儿干吗?哎呀!我那多灾多难的钱啊,我那多灾多难的钱啊!你可是我的患难之友啊!现在你被人家死拖硬拉地从我这边

夺走了。如果失去了你,我活着还有什
么意思呢? 不再有依托、安全、快乐,我
的一切都随之而逝,我也会因失去你而
丧命的。可现在,我又能做什么呢? 什
么也不能。相反我却快要断气了,我快
要死了,快要被人家埋葬了。

(《吝啬鬼》第四幕第七场)

最后,儿子以他的钱箱子(里面有一万金币)
要挟他,阿巴贡同意了儿子、女儿自己选择的婚
姻,同时不仅要求对方家长负担两场婚礼的所有
费用,还不忘让亲家给他做一身参加婚礼的新衣
裳。阿巴贡最终选择向儿女们妥协,并不是因为
亲情,而是看在钱的分上,因为无论什么情况下他
都不能舍弃钱财。

5.1.3　老葛朗台

在巴尔扎克的小说《欧也妮·葛朗台》中,老葛
朗台是欧也妮的父亲。小说中老葛朗台生活在法
国北部一个叫索缪的小镇里,原来是一个箍桶匠。

　　尽管他说起话来细声细气,举止稳
重,箍桶匠的谈吐和习惯仍不免有所流

露,尤其在家里,不像在别的地方那样因顾忌而克制自己。体格方面,他身高五尺,肥胖,结实,腿肚子的围长足有一尺,膝盖骨鼓溜溜地像个大结,肩膀宽阔;圆脸,皮色乌亮,布满了小麻点,下巴笔直,嘴唇没有一点曲线,牙齿雪白,眼睛里透出冷酷,像是要吃人,老百姓称之为蛇眼;脑门上皱纹密布,堆起一道道颇具奥妙的横肉,不知深浅的青年人拿葛朗台先生开心,把他发黄变灰的头发叫做雪里藏金。他的鼻尖肥大,顶着一颗布满血丝的肉瘤,有人不无道理地说这里面包藏着一团刁钻的主意。这副长相显示出阴险的精细,从不感情用事的清正和他的自私自利;他的感情只专注于吝啬的乐趣和对女儿欧也妮的爱怜,这是他唯一的继承人,是他心目中真正疼爱的宝贝。他的言谈举止,乃至于走路的步态,总之,他身上的一切,都显出由于事业上始终一帆风顺而养成的一种自信的习惯。所以,葛朗台先生尽管表面平易近人,骨子里却有一股铁石般的硬脾气。他的衣着始终如一,一七九一年是

什么装束,今天还是什么装束。结实的鞋子,鞋带也是皮的;一年四季,他总穿一双毛料袜子,一条栗壳色粗呢短裤,在膝盖下面扣上银箍,黄褐两色交替的条绒背心,纽扣一直扣到下巴颏,外面套一件衣襟宽大的栗壳色上衣,脖子上系一条黑色的领带,头上戴一顶宽边教士帽。他的手套跟警察的手套一样结实,要用到一年零八个月之后才更换,为了保持整洁,他总以一种形成定规的动作,把手套放在帽檐的同一个部位。索缪城里的人对这位人物的底细,也就知道这些。

(《欧也妮·葛朗台》第一节)

他管理家中的一切,每天的日用开支有严格的规定,用多少奶、粮、蜡烛、煤油,一年中什么时候家里生火取暖,到什么时间必须结束,这些都经过他的测算得出"科学的结论"。家中来了客人,他让女仆用乌鸦冒充鸡来做汤招待客人;家中不合"规律"地多支出了一点糖都似乎是犯下了天大的罪过:

欧也妮把葛朗台收起来的糖碟重新拿出来放到桌上，镇静自若地望着父亲。真的，女人为了帮情人逃跑，用纤纤玉手抓住丝绸结成的绳梯那种勇气未必胜过欧也妮重新把糖碟放到桌上去时的胆量。巴黎女子嗣后会骄傲地给情人看玉臂上的伤痕，那上面的每一道受损的血管都会得到眼泪和亲吻的洗礼，由快乐来治愈，这是情人给她的报答。可是夏尔永远也不会得知堂姐在老箍桶匠雷电般的目光的逼视下痛苦得五内俱焚的秘密。

（《欧也妮·葛朗台》第四节）

他本人及他的家在外人看来和镇上其他人家一样，根本看不出到底有多富有。他几乎把所有的东西都换成钱币，锁在家里一间屋子里，钥匙只有他一个人有。他以各种方式不择手段地积攒钱财。

老葛朗台表面装聋作哑，内心阴险毒辣。他突然收到20多年没有来往的弟弟的信件，得知弟弟破产，马上要自杀了。信中弟弟哀求他照顾侄子夏尔。当他把这个不幸的消息告诉侄子时，夏尔痛不欲生，老葛朗台对孩子的这种表现的评价

是"可惜他年纪轻轻却没有出息,只惦记死人不惦记钱"(《欧也妮·葛朗台》第四节)。此刻老葛朗台想到的是发财的机会来了,他尽快处理完弟弟的破产事宜,以极低的价格买下了弟弟公司的债券,从中发了一大笔财(此笔公债此后每年都在上涨),却连一百法郎也没有给侄儿,还把他赶到印度让他自谋生路。当他得知女儿把每年过生日所得的金币(当时市值上万法郎)都赠送给堂弟夏尔去做创业资金,一气之下把欧也妮关在阁楼上好几个月,只给她吃面包和水。尽管欧也妮是他唯一的继承人,但是无论是生病的妻子还是其他人怎么说情,他都决不让步。直到后来他发现欧也妮收藏着夏尔留下的纯金梳妆盒:

老头儿像饿虎扑向熟睡的儿童那样朝梳妆盒扑来。"这是什么?"他一把抢走了宝盒,把它放到窗台上。"真金! 是金子!"他叫出声来。"好重的金子! 足有两磅。啊! 啊! 原来夏尔是用这个换走了你的宝贵的金币。嗯! 你为什么不早说呀? 这交易合算啊,乖孩子! 你真是我的女儿,我承认。"

(《欧也妮·葛朗台》第九节)

经过老葛朗台的妻子和女儿欧也妮的以死相逼，老葛朗台才放弃抢夺金梳妆盒子，与女儿和解。他一直支配妻子的所有财产，所以妻子生病时他特别紧张，苦苦请求医生挽救妻子的性命，因为妻子一死，妻子的遗产就得公开，女儿有权从母亲那里继承一份财产。但可怜的女人最终还是年纪并不大就去了天国。母亲死后的第二天，欧也妮发现父亲迅速变了。"发觉老父对自己那么温柔体贴，她以为过去错看了老父的心。他来扶她下楼吃饭；他一连几个小时望着她，目光几乎是慈祥的；总之，他像望着一堆金子那样地望着她。老箍桶匠跟以前大不一样，在女儿的面前哆嗦得很厉害，看到他这种老态，娜农和克吕旭等人都认为这是年龄所致，甚至担心他的身体机能也有些衰退。"但是，很快老葛朗台的行为得到了解释：原来他是要女儿欧也妮放弃对母亲财产的继承。

"哎，这样，"公证人说，"得在这张文书上签名，声明放弃您对令堂的继承权，把您跟令尊共有的全部财产的使用得益权，交给令尊，而他将保证您享有所有权……"

"我完全听不懂您说的话，"欧也妮

回答说,"把文书拿来,告诉我在哪里签名。"

......

"小姐,"公证人说,"我有责任提醒您,这样您就一无所有了……"

"嗨!上帝啊,"她说,"那有什么关系!"

"别说了,克吕肖。一言为定,一言为定,"葛朗台握住女儿的手,一面拍着一面喊道。"欧也妮,你决不会反悔的,是不是,你是个说一是一的姑娘,嗯?"

"哦!父亲……"

他热烈地吻她,把她搂得紧紧的,让她透不过气来。

"好了,孩子,你给了你爹一条命;不过,你这是把我给你的还给我罢了:咱们两清。这才叫公平交易。人生就是一笔交易。我祝福你!你是一个贤德的好姑娘,孝顺爸爸的好女儿。你现在想干什么就干什么吧。从明天起,克吕肖,"他望着吓呆了的公证人说,"您多费心让法院书记员准备一份放弃承继权的文书。"

(《欧也妮·葛朗台》第九节)

当82岁的老葛朗台身体瘫痪,只能坐在轮椅上时,他唯一的乐趣是每天让欧也妮推着他进入密室,看着满屋子的金银财宝。当他在弥留之际,能够睁开眼时,竟几小时地用眼睛盯着金子,脸上的表情仿佛进了极乐世界。当神父把镀金的十字架送到他唇边,给他亲吻基督的圣像,为他做临终法事时,他竟做了一个骇人的动作——想把金十字架抓到手里——这最后的努力要了他的命。他临终对女儿的遗言是"把一切照顾得好好的。以后到那里向我交账"。(《欧也妮·葛朗台》第十节)

5.1.4　泼留希金

最后一个吝啬鬼是沙俄时期的一个地主——泼留希金。

这人长得没有什么引人注目的地方,脸跟一般瘦老头子的脸相似,然而下巴向前伸得特别长,使得他每次吐痰时一定要用手帕先把下巴遮住,以免痰滑到那上面去。两只小眼睛还没有失去光泽,在浓密的眉毛下边滴溜溜直转,那样子非常像一只老鼠从黑糊糊的洞口把头探出来,摆动着胡须,警惕地竖着耳朵,

留神观察着，是不是在什么地方藏着一
只猫或者一个淘气的孩子，那鼻子不时
地嗅着空气，看看是否有可疑的味道。
最耐人寻味的仍是他那身打扮，无论花
多大的力气，用什么方法，你也无法搞清
楚他那罩衫是用怎样的东西拼凑起来
的：两袖和前襟粘满油污，像做靴子用的
油性革。一般衣服的后身下摆分成两
片，他的却成为四片，还露着棉花。他脖
子上也很难辨认围的是一件什么东西，
像一只长筒袜子，又像兜肚或者一条吊
袜带，可是不管怎样应是一条领带。

（《死魂灵》第六章）

这是小说中对泼留希金的长相和装束的描
写。他这一身打扮让官员奇奇科夫误认为是乞
丐，怎么也不相信泼留希金是一个非常富有的农
庄主。实际上他有上千名农奴，仓库中有丰富多
样的物品，各种器皿也应有尽有。

尽管有两个目前这么大的庄园，他
一辈子也用不完——但是他仍感不足，
仍然嫌少。他每天仍然要在村子里转

悠,眼睛不断地瞄着路边桥下,不管看到什么——旧鞋底也好,娘儿们的破布也好,瓦片也好,铁钉也好,他都要拿回家去,扔进奇奇科夫看到的那个墙面里的破烂堆。庄稼汉们一看到他走出家门来捡东西,就说:"清道夫又出来扫大街啦!"街道在他走过之后也的确不用再扫了。有一次一个过路的军官落了一根马刺,那马刺转眼之间就进了大家都知道的那个破烂堆。要是有个婆娘一马虎把水桶忘到井边,他也会把水桶提走。倘若让哪个庄稼汉当场看到,他会立即物归原主,也并不争辩;但是不管什么一经落进他那破烂堆里,那就一切都完了:他会对天发誓,说东西是他的,是某月某日从某人手里买来的,或者是他的祖父留给他的。在自己屋里他也是见到什么捡什么,一张废纸,一块封蜡,一根羽毛都要捡起来,堆到写字台或者窗台上。

（《死魂灵》第六章）

这位看起来不男不女的吝啬至极的泼留希金,确实是一位家有良田、农奴无数的农庄主,

每年他的农奴就像苍蝇一样一批一批死去。他粮仓里的面粉堆积如山，累积多年，风干板结，吃的时候要用斧子砍下来；他招待客人的点心已经霉变长毛，他让仆人用小刀把霉变刮下来，饼干给客人，刮下来的去喂鸡。他一面将进入视线的所有物品变成自己的，同时又一点也不利用，只是占有它，表面上他是这些物品的主人，实则是守护物品的忠实奴仆。泼留希金是一个彻头彻尾的守财奴。

　　这四个吝啬鬼，虽然他们生活的时代不同，但是无一例外都视钱如命，不择手段地挣钱，不顾一切积攒钱财，以至于丧失人的正常情感。他们怀有一种对物质过度的占有欲，爱金钱胜过一切，人类正常的亲情、友谊、爱情等，在金钱面前不值一提。夏洛克、阿巴贡把自己的儿女当作负担，认为他们每天都消耗自己的钱财。老葛朗台总是强调对唯一的女儿的爱，比如女儿生日时要多点支蜡烛，让房间亮一些，但是一旦涉及钱，他是决不肯让步的。泼留希金的吝啬让儿女全部远离他，女儿带外孙来看他，他也是一毛不拔。爱财如命，不顾亲情，丧失了正常人的生活，他们已经被金钱异化为非人，这是四大吝啬鬼的共同之处。

5.2 吝啬鬼的个性

虽然四大吝啬鬼有共同之处,但是同时又有各自鲜明的个性特征,不同于他人,也不同于其他吝啬鬼。

5.2.1 凶狠的夏洛克

在《威尼斯商人》中,夏洛克不仅吝啬而且内心极为歹毒。他在安东尼奥来借债时,虽然心里对安东尼奥十分不满,但是仍然把钱借给了安东尼奥。

夏洛克:安东尼奥先生,好多次您在交易所里骂我,说我盘剥取利,我总是忍气吞声,耸耸肩膀,没有跟您争辩,因为忍受迫害本来是我们民族的特色。您骂我异教徒,杀人的狗,把唾沫吐在我的犹太长袍上,只因为我用我自己的钱博取几个利息。好,看来现在是您来向我求助了。您跑来见我,您说:"夏洛克,我们要几个钱。"您这样对我说。您把唾沫吐在我的胡子上,用您的脚踢我,好像我是您门口的一条野狗一样;现在您却来问我要钱,我应该怎样对您说呢?我

要不要这样说："一条狗会有钱吗？一
条恶狗能够借人三千块钱吗？"或者我
应不应该弯下身子，像一个奴才似的低
声下气，恭恭敬敬地说："好先生，您在
上星期三用唾沫吐在我身上；有一天您
用脚踢我；还有一天您骂我狗；为了报
答您这许多恩典，所以我应该借给您这
些钱吗？"

> （《威尼斯商人》第一幕第三场）

夏洛克不仅借给安东尼奥钱，还出人意料地
没有要利息，只是像开个玩笑一样，与安东尼奥签
订了一份"游戏契约"：

我们不妨开个玩笑，在约里载明要
是您不能按照约中所规定的条件，在什
么日子、什么地点还给我一笔什么数目
的钱，就得随我的意思，在您身上的任何
部分割下整整一磅白肉，作为处罚。

> （《威尼斯商人》第一幕第三场）

一方面，安东尼奥算计不消两个月，他的商船
就可以回到威尼斯，所以他有钱可还；另一方面，

他也确实认为"割一磅肉"只是开个玩笑,所以就签订了这份契约。夏洛克成功地诱使安东尼奥签字后,如同设置好一个陷阱,静静等待猎物进入圈套。果然,运气不好的安东尼奥的商船迟迟未归,约定日期一到,夏洛克就将安东尼奥告上法庭,要求法官按契约判定他可以割安东尼奥的肉。

> ……我向他要求的这一磅肉,是我出了很大的代价买来的;它是属于我的,我一定要把它拿到手里。您要是拒绝了我,那么你们的法律去见鬼吧!威尼斯城的法令等于一纸空文。我现在等候着判决,请快些回答我,我可不可以拿到这一磅肉?

> (《威尼斯商人》第四幕第一场)

无论是公爵苦口婆心地劝说他发发慈悲,还是有人愿意替安东尼奥还钱并付出高额利息,夏洛克都不干,他甚至在法庭上嚣张地磨起刀来,只等法官同意,立马就冲上前去割肉。他的铁石心肠和凶狠歹毒暴露无遗。

5.2.2 专横的阿巴贡

阿巴贡是一个富有的封建家长。他有花园洋房、仆人、马车,经常请客吃饭,交际应酬,还想娶个年轻貌美的女子续弦。身为家长，他要求任何人不得违背他的意愿行事，包括自己的儿子和女儿。他的儿子为了给所喜爱的玛丽雅娜一点物质上的帮助，甚至去借高利贷；女儿喜欢管家瓦赖尔，也不敢对阿巴贡提。在剧中，阿巴贡与女儿的对话，充分表现出他作为家长的专横强硬：

阿巴贡：……女儿，这是有关我的事的决定。关于你哥哥的婚事是这样的：我为他选了一个今晨他人与我说起的寡妇。至于你的亲事嘛，昂色尔迈做你的丈夫，怎么样？

艾莉丝：什么？昂色尔迈爵爷做我的丈夫？

阿巴贡：没错，就是他。他很富有，阅历也丰富，人很稳重，而且年龄还不到五十。

艾莉丝：（她向爸爸致敬）爸爸，多谢您老人家关心，我决定不出嫁了。

阿巴贡：（他学她的致敬）可是我呢，也多谢您女儿宝贝了，我决定把您嫁出去。

艾莉丝：爸爸，您就放我一马吧。

阿巴贡：女儿，您就放我一马吧。

艾莉丝：关于昂色尔迈爵爷，我只是很敬重他，但说句您不爱听的话，我是不会下嫁于他的。

阿巴贡：对于您，我也很敬重，但说句您不爱听的话，今晚您就要下嫁于他。

艾莉丝：今晚？

阿巴贡：今晚？

艾莉丝：爸爸，我不出嫁。

阿巴贡：女儿，你要出嫁。

艾莉丝：不出嫁。

阿巴贡：就是要出嫁。

艾莉丝：我再说一次，我不嫁人。

阿巴贡：我再说一次，就是要嫁人。

艾莉丝：您不能强迫我做这事。

阿巴贡：我就是要强迫你做这事。

艾莉丝：若要我下嫁于这样的人做丈夫，我宁肯一死以求白了。

阿巴贡：你不可能一死以求白了，不管怎样，你就是要下嫁于他。你看看自己，胆敢与我这样说话？你见过哪个女儿如此无礼地对待父亲的？

......

（《吝啬鬼》第一幕第四场）

阿巴贡这样毫不讲理、态度强硬地让女儿立刻嫁给一个年近五十的老头,并认为女儿的这桩婚事十分圆满,理由是男方"不要嫁妆"。

他不仅专横,而且狡猾,例如他看到儿子与玛丽娜的谈话有些不正常,就略施小计,把儿子的真心话诈了出来,并以剥夺克莱昂特的财产继承权为由威胁儿子必须按照他的安排去娶那个有钱的寡妇。他的多疑、狡诈与专横无理可见一斑。

5.2.3 精明的葛朗台

葛朗台挣钱的方式虽然不好,却是合法的。他精打细算地积攒起自己的财富。

> 葛朗台先生从不欠谁的人情;为了收成,要制作一千只酒桶还是五百只酒桶,老箍桶匠兼种葡萄的老手,计算起来精确得好比天文学家;他从来不曾打错算盘,每逢酒桶的市价比酒价还高的时候,他总有酒桶出售,并设法把自己的葡萄酒藏进地窖,等酒价涨到二百法郎一桶他再抛出,而一般小地主早在五路易一桶时,就把酒售空了。所以葛朗台先

生博得大家的敬重。一八一一年的收成是臭名远扬的,那年他明智地紧收慢放,把货一点一点卖出去,一次收成就给他赚了二十四万法郎。说到理财的本领,葛朗台先生像猛虎,像大蟒。他懂得躺着、蹲着,耐着性子打量猎物,然后猛扑上去,打开血盆大口的钱袋,把成堆的金币往里倒,接着又安静地躺下,像填饱肚子的蛇,不动声色地、冷静地,按部就班地消化吞下的食物。他从谁跟前走过,谁不感到由衷的钦佩?对他既抱几分敬重,又怀几分恐惧。在索缪城里谁没有尝过他利爪的滋味?抓一下让你疼得入骨三分。有人为了买地,找克吕旭贷款,利率是百分之十一。有人用期票到格拉珊那里去贴现,先得扣除一笔大得惊人的利息。市面上难得有哪天没有人提到葛朗台先生的大名;连晚上街头的闲聊也少不了要说起他。有些人甚至认为这位种葡萄的老手的殷实家产堪称当地引以为荣的一宝。所以不止一位做生意的或开客栈的索缪人,得意洋洋地在外地的来客面前吹嘘:"先生,我们这一带百万元

户有两三家，可是，葛朗台先生哪，连他本
人都不知道自己究竟有多大的家底儿！"

（《欧也妮·葛朗台》第一节）

小说中提到，他除了较早之前与一个犹太人
做生意时吃过一次亏，再没有做过什么赔本的买
卖（正是这一次教训让他学会了与人打交道时假
装磕巴）。他精准地摸清别人的内心，让庭长克吕
旭叔侄与银行家格拉珊一家相互竞争，自己从中
获利；让那些债权人之间起内讧，无法向他讨债，
他自己不用纳一分的税，坐看债权涨价。他将所
有与他有关的人都玩弄于股掌之中，无论是妻子、
女儿还是亲戚朋友。他一面周到地、彬彬有礼地
与人相处，一面毫不留情地将这些人的物质与情
感榨上一笔。

5.2.4　迂腐的泼留希金

泼留希金可以说是《死魂灵》中地主阶级本性
暴露得最直接的一个，也是最不堪的一个，他不仅
过得不像一个正常的地主，甚至不像一个正常人。

孤独的生活给吝啬提供了丰富的
营养。大家清楚，吝啬像饿狼一样，越

吃胃口越大。人的情感在泼留希金身上本来就不多,现在更是日渐减少了;这个老朽不堪的废物身上每天都要丧失一些人的情感……(泼留希金家中)干草和粮食烂了,草垛和庄稼垛变成了纯粹的粪堆,上面都能种白菜;地窖里的面粉硬得像石头,要用斧子才能砍开;粗麻布、呢绒和家织布呢,碰也不能碰了——一碰就成了灰了。他自己也慢慢忘掉了他有多少什么东西……当然租赋的数量却一成不变,农夫该交多少代役租还交多少,女织工该交多少麻布还交多少,农妇该交多少坚果还交多少——收来的东西全堆在仓房里,最后就成了烂泥或破烂,他自己最后也变成了人类身上的一块破烂。

(《死魂灵》第六章)

作为一个地主,泼留希金无情地盘剥农民,但是并没有将剥削来的成果化为自己的享乐。物质本该带给人好处,可是在泼留希金身上却走向了反面。泼留希金这个人物鲜明地表现出二律背反的原理——获得的东西越多,他就越向着毁灭迈

进:他占有财物,是这些东西的主人,但实质上却被财物所占有,成为守护这些东西的奴仆;他让这些财物白白地被浪费掉,毁掉了这些东西,但是反过来这些东西又毁掉了泼留希金的正常生活,让他变成了不正常的人。

简言之,从个人性格特点来看,夏洛克的凶狠,阿巴贡的专横,葛朗台的精明,泼留希金的迂腐,构成了他们各自最鲜明的气质与性格。

5.3 四大吝啬鬼的时代意义

每个人都是特定时代的人,个体的生存总是映射着时代的特征。在四个被金钱异化的非人形象中,吝啬既是个体自身的弱点,同时也是时代和制度合力造就的。

5.3.1 被歧视的犹太人

《威尼斯商人》一剧中,夏洛克与安东尼奥之间的争斗构成了戏剧的主要冲突。两个人物之间的矛盾实际上反映出不同民族、不同宗教信仰之间的尖锐冲突。

夏洛克与安东尼奥都是威尼斯的有钱人,但是声誉上却有极大的差别。安东尼奥是慷慨大方的经商之人,一个基督徒;而夏洛克是一个放高利贷的犹太人。夏洛克非常憎恨安东尼奥。

> 夏洛克:(旁白)他的样子多么像一个摇尾乞怜的税吏!我恨他因为他是个基督徒,可是尤其因为他是个傻子,借钱给人不取利钱,把咱们在威尼斯城里干放债这一行的利息都压低了。要是我有一天抓住他的把柄,一定要痛痛快快地向他报复我的深仇宿怨。他憎恶我们神圣的民族,甚至在商人会集的地方当众辱骂我,辱骂我的交易,辱骂我辛辛苦苦赚下来的钱,说那些都是盘剥得来的腌臜钱。要是我饶过了他,让我们的民族永远没有翻身的日子。
>
> (《威尼斯商人》第一幕第三场)

当安东尼奥为了朋友巴塞尼奥向夏洛克借钱周转时,夏洛克借机表达了对安东尼奥的不满,但他最终还是把钱借给了安东尼奥,并且出人意料地表示这次不要利息。这一慷慨举动完全与"吝啬鬼"的本性不符。而当安东尼奥到期不能偿还他的债务时,巴塞尼奥表示要替安东尼奥还钱,并

且会付双倍的利息，借三千，还六千，可是被夏洛克拒绝了。

> 夏洛克：即使这六千块钱中间的每一块钱都可以分作六份，每一份都可以变成一块钱，我也不要它们；我只要照约处罚。
>
> （《威尼斯商人》第五幕第一场）

这又是与夏洛克的吝啬极其不符的。为什么一个锱铢必较的高利贷者借钱不要利息，也不要别人替安东尼奥还钱呢？这两次违背吝啬特点的情节，说明了什么呢？

夏洛克拒绝别人替安东尼奥还钱，这样他就可以要求法庭判定他照约割肉是合法的。当别人问及这样做对于夏洛克有什么好处时，夏洛克的回答是：

> 拿来钓鱼也好；即使他的肉不中吃，至少也可以出出我这一口气。他曾经羞辱过我，夺去我几十万块钱的生意，讥笑着我的亏蚀，挖苦着我的盈余，侮蔑我的民族，破坏我的买卖，离间我的朋友，煽

动我的仇敌;他的理由是什么? 只因为我是一个犹太人。难道犹太人没有眼睛吗? 难道犹太人没有五官四肢、没有知觉、没有感情、没有血气吗? 他不是吃着同样的食物,同样的武器可以伤害他,同样的医药可以疗治他,冬天同样会冷,夏天同样会热,就像一个基督徒一样吗? 你们要是用刀剑刺我们,我们不是也会出血的吗? 你们要是搔我们的痒,我们不是也会笑起来的吗? 你们要是用毒药谋害我们,我们不是也会死的吗? 那么要是你们欺侮了我们,我们难道不会复仇吗? 要是在别的地方我们都跟你们一样,那么在这一点上也是彼此相同的。要是一个犹太人欺侮了一个基督徒,那基督徒怎样表现他的谦逊? 报仇。要是一个基督徒欺侮了一个犹太人,那么照着基督徒的榜样,那犹太人应该怎样表现他的宽容? 报仇。你们已经把残虐的手段教给我,我一定会照着你们的教训实行,而且还要加倍奉敬哩。

(《威尼斯商人》第三幕第一场)

听了夏洛克这一席话，如果不是事先被"夏洛克是一个吝啬鬼"的先见所影响，那么我们看到的可能是一个为犹太人鸣不平的民族英雄。

犹太民族曾经兴盛辉煌，但是经历战争后分裂，散落在欧洲各地生存。由于宗教信仰等多种因素，犹太人遭受种种歧视。他们精明能干，极力抓住金钱，给自己的生存增加一些保障。但是善于挣钱又会遭到嫉妒，招致了更多的污蔑和迫害。正是受民族、宗教和历史等方面的影响，在文艺复兴时期，莎士比亚以威尼斯为背景，塑造了夏洛克这样的人。他被称作吝啬鬼，在戏剧情节发展中，又违背这一性格特征，以吝啬鬼拒绝要钱这一非常不合理的情节，揭示出犹太民族在政治、经济、物质、情感等多方面受到的深深伤害。作为一个饱含人文情怀的现实主义作家，莎士比亚通过戏剧对社会的不公平、人类的狭隘等进行思考，希望观众能够从中有所觉悟。吝啬与高利盘剥固然可耻，但是人的世俗偏见和道德绑架亦十分可憎。当然，戏剧中宣扬惩恶扬善，加之当时的观众以基督徒为多，夏洛克这样的吝啬、凶狠之人，哪能让他的阴谋得逞？最后夏洛克被没收了财产，还被要求改信基督教。

5.3.2 时代转型的体现者

在阿巴贡的身上,体现了法国正由封建制度向资本主义制度过渡的时代特性。作为一个封建家长,他利用封建制度及习俗约束儿女的生活;同时这一时期的人们认识到金钱的重要性,所以阿巴贡在收租等赚钱方式之外,也开始想以钱生钱,放高利贷。因为放高利贷是有损名誉的一件事,所以他不直接出面,而是委托西蒙先生去做。他是一个既要维持有钱有地位的体面生活,又要不惜采取一切手段去积攒钱财的人。小气的性格与正在形成的金钱主导一切的社会风气相遇,则让他变得更加吝啬,不过因为是过渡时期,与老葛朗台相比,阿巴贡还遮遮掩掩地在为自己辩护,还没有像老葛朗台那样理直气壮、理所当然地大干一场。

5.3.3 金钱至上的风气使然

老葛朗台生活在 19 世纪的法国,这时资本主义制度已经形成,社会上唯利是图、金钱万能已经是人们认可的风气,人与人之间的金钱关系已经确立了。作者巴尔扎克在小说中毫不避讳地写道:

大凡守财奴都不信来世,对于他们来说,现世就是一切。这种思想给金钱

统率法律、控制政治和左右风尚的现今
这个时代，投下了一束可怕的光芒。金
钱驾驭一切的现象在眼下比任何时代都
有过之无不及。机构、书籍、人和学说，
一切都合伙破坏对来世的信仰，破坏这
一千八百年以来的社会大厦赖以支撑的
基础。现在，棺材是一种无人惧怕的过
渡。在安魂弥撒之后等待我们的未来
吗？这早已被搬移到现在。以正当和不
正当手段，在现世就登上穷奢极欲和繁
华享用的天堂，为了占有转眼即逝的财
富，不惜化心肝为铁石，磨砺血肉之躯，
就像殉道者为了永恒的幸福不惜终生受
难一样，如今这已成为普遍的追求！这
样的思想到处写遍，甚至写进法律。
法律并不质问立法者"你怎么想"，而是
问"你付多少钱？"。等到这类学说一旦
由资产阶级传布到平民百姓当中之后，
国家将变成什么样子？

　　　　　　（《欧也妮·葛朗台》第五节）

　　与其他几位吝啬鬼不同，老葛朗台不只是守
财，更善于发财。他的财富有的通过遗产继承，也

有的通过各种渠道赚取。他精于计算,能审时度
势,像老虎,像巨蟒,平时不动声色,看准时机会果
断迅速地扑向猎物,万无一失地把大堆金银吞进
血盆大口般的钱袋。有人发革命财,有人发复辟
财,而他革命财也发,复辟财也发。索缪城里没有
一个人不曾尝到过他的利爪的滋味,却没有人恨
他,索缪的居民反而敬佩他,把他看成索缪的光
荣。他实际上成了人们心目中的上帝,因为他代
表了在那个社会具有无边法力的金钱。对金钱的
追逐是一种顽固的意念,而小说想证明这种意念
的破坏力量,它摧毁了每个家庭,摧毁了历经千
年的封建制度而确立的伦理关系,把一切都简化为
金钱。

对于老葛朗台,他既不是什么大贵族的后裔,
自己也没有太多家产继承,所以他一方面精明能
干,自己挣钱,另一方面要精打细算,节俭持家,才
能够积攒下金钱,才能名正言顺地在当时的社会
中立足。在小说中我们看到,老葛朗台尽管精明
吝啬,所有跟他打交道的人都害怕被他的铁爪抓
一下子,但是他身边并不缺少所谓朋友,这些人是
神父、教士、法官、庭长、银行家、律师、金融事务所
的交易员等。对于老葛朗台,人们虽不喜欢,但是

却无力鄙视，更多的是敬畏。因为金钱万能的社会风气已经形成，如果有机会，有头脑，每个人都可能是老葛朗台。

5.3.4　农奴制度的寄生虫

俄国的农奴制度保证了统治阶级坐享广大农民（奴）的劳动成果，地主完全可以依靠制度的保障，过上衣食无忧的寄生生活，这在《死魂灵》中的地主身上得以充分体现，玛尼洛夫、罗士特莱夫、梭巴开维支，这些地主或无知无能，或蛮横无赖，或凶狠精明，他们衣食无忧，好吃好喝……而农奴没有人身自由，被当作地主的私有财产，过着非人的生活。泼留希金与其他农奴主一样，冷酷无情地盘剥农奴，榨取他们的劳动成果甚至生命，但是这些并没有让泼留希金过上体面而舒适的生活，反倒沦为龌龊无耻的守财奴。他是农奴制度的执行者，是造成千万农奴死亡的凶手，是俄国沙皇封建农奴制度下孕育的食人兽和寄生虫的合体。作家果戈理通过这个被异化的地主，表达了对不合理的农奴制度的深恶痛绝，这种制度一方面造成农奴处于地狱般的生活境遇，另一方面也损害了那些统治阶级成员的利益，让他们丧失了正常的生活能力和正常的情感。这样的制度对俄罗斯人民有什么好处呢?《死魂灵》发表于1842年,1861年俄国终于自上而下进行了农奴制改革,虽然并不彻底,但是这种改革预示着泼留希金们都可以随着这个腐朽的制度一同消失了。

通过塑造四大吝啬鬼形象,作家对人性的贪婪、吝啬的弱点进行了温和的戏弄和辛辣的嘲讽,对社会制度与社会现象进行了深刻的揭露和细致的剖析。作家并不只是为了博读者或观众一笑而刻意夸大人物的弱点与缺陷,他们依然是把这些个体的人,置于社会制度、社会风俗、社会道德观念的发展变化中,去思考人性的弊端,鞭挞制度的落后,挖掘这些不合理现象后面所隐含的合理因素。所以,四个吝啬鬼形象体现了西方文学现实主义和人文主义的传统。

参考文献

［1］巴尔扎克.高老头［M］.傅雷,译.北京:人民文学出版社,1977.

［2］果戈理.死魂灵［M］.满涛,许庆道,译.北京:人民文学出版社,1993.

［3］莫里哀.吝啬鬼［M］.杨路,译.北京:中国致公出版社,2003.

［4］莫里哀.伪君子·吝啬鬼［M］.李健吾,译.北京:国际文化出版公司,2006.

［5］巴尔扎克.欧叶妮·格朗台［M］.李恒基,译.上海:译林出版社,2010.

［6］莎士比亚.威尼斯商人［M］.朱生豪,译.北京:人民文学出版社,2012.

［7］莎士比亚.哈姆雷特［M］.朱生豪,译.上海:译林出版社,2013.

［8］陈喜辉.神在人间的时光［M］.北京:中信出版社,2014.

［9］塞万提斯.堂吉诃德［M］.杨绛,译.北京:人民文学出版社,2015.

［10］勃朗特.简·爱［M］.宋兆霖,译.北京:作家出版社,2015.

155

后　记

　　本书稿是在"外国文学名著鉴赏"的教案讲稿基础上修改完成的。这门课程是浙江工商大学通识课程之一,每次 15 学时。因为外国文学的时代跨度大、区域广,涉及不同国家,作者、作品极其丰富,在开设和讲解这门课程时,也曾尝试过多种讲授方式,比如按时代顺序挑选重要的作品讲解,或者分国别介绍,由于课时所限,这些方式的教学都无法形成系统的课程内容。经过探索,笔者决定以人物形象为切入点,选取几类人物形象,通过这些鲜明的人物形象来展示作品的深意,以实现通识课程"通"与"精"的目标。课程在 2012 年开设至今,受到了浙江工商大学各专业学生的关注,选课踊跃。本次有幸入选"网络化人文丛书"系列,在加工整理后出版。

　　本书梳理了西方文学中的几类人物形象,力求线索明晰,通俗鲜明地体现人物的典型特征,同时又将这些人物与他们生活的时代、民族、文化背景等紧密相连,从典型形象中透视出人类普遍共性和各民族文化的特点及差异,加深对人性的挖掘,加强彼此间的理解与尊重。

小书付梓出版，真诚感谢浙江工商大学蒋承勇教授及"网络化人文丛书"编委会的大力支持！感谢浙江工商大学出版社任晓燕编辑的辛勤付出！敬请各位学者批评指正！

李艳梅

2018 年 3 月于杭州下沙